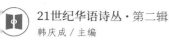

21世纪华语诗丛·第二辑

韩庆成 / 主编

经由隐喻

班琳丽　著

我在纸上
布局字的命运
我继续布局, 并被布入局中

知识产权出版社

全国百佳图书出版单位

——北京——

图书在版编目（CIP）数据

经由隐喻/班琳丽著. —北京：知识产权出版社，2020.5
（21世纪华语诗丛/韩庆成主编. 第二辑）
ISBN 978 - 7 - 5130 - 6843 - 7

Ⅰ.①经… Ⅱ.①班… Ⅲ.①诗集—中国—当代 Ⅳ.①I227

中国版本图书馆 CIP 数据核字（2020）第 047679 号

责任编辑：兰　涛　　　　　　　　　责任校对：谷　洋
封面设计：博华创意·张冀　　　　　责任印制：刘译文

经由隐喻

班琳丽　著

出版发行：知识产权出版社 有限责任公司	网　　址：http：//www.ipph.cn	
社　　址：北京市海淀区气象路 50 号院	邮　　编：100081	
责编电话：010 - 82000860 转 8325	责编邮箱：zhzhang22@163.com	
发行电话：010 - 82000860 转 8101/8102	发行传真：010 - 82000893/82005070/82000270	
印　　刷：三河市国英印务有限公司	经　　销：各大网上书店、新华书店及相关专业书店	
开　　本：880mm×1230mm　1/32	印　　张：7.5	
版　　次：2020 年 5 月第 1 版	印　　次：2020 年 5 月第 1 次印刷	
字　　数：83 千字	全套定价：198.00 元	
ISBN 978 -7 -5130 -6843 -7		

"摧毁你的手稿，
但保存你写于缝隙的任何东西。"

自信、娴熟与成就

杨四平

21 世纪已经 20 个年头了。在中国文学史家惯常的"十年情结"思维图谱里，21 世纪文学已经跋涉了两个"十年"。这让我想起 20 世纪中国文学"三十年"里的头两个"十年"，那是其发生与发展的两个"十年"。相较而言，21 世纪头两个"十年"却是发展与成熟的两个"十年"，尽管没有出现像 20世纪头 20 年时空里那么多灿若星辰的文学大家。我想，这也许不是文学文本质量的问题，更不牵涉文学之历史进化观问题，而是其传播与接受的差异问题。再过几百年，在这两个世纪各自的头 20 年，到底是哪一个世纪最终留下来的经典文本多，还是个未知数呢！

回望历史，关注动态，展望未来，百年中国新诗一路走下来，实属不易且可圈可点。20 世纪 80 年代中期之前，在启蒙、革命、抗战、内战、"土改""文革"、改革等外部因素影响下，中国新诗一直在为争取"人民主权"而战，中国新诗的社会学角色、责任担当及诗意书写成就辉煌；之后，在经历短暂之"哗变"以及为争取"诗歌主权"之矫枉过正后，中国新诗在"话语"理论中，找到了内与外、小与大、虚与实之间的"齐物"诗观，创作出了健全而优美的诗篇，同时，也促进了中国新诗在当下之繁荣——外部的热闹和内在的繁荣！显然，这种热闹和繁荣，不仅是现代新媒体诗歌平台日益增长的文化与旅游深入融合导致的诗歌活动之频繁，诗人、诗歌的"自传播"和"他传播"之交替，更是中国新诗在"百年"过后"再出发"的内在发展和逻辑之使然。

当下的诗人，不再纠缠于"问题和主义"，不再困惑于外来之现代性和传统之本土性，不再念念于经典和非经典，而是按照自己的"内心"进行创作，其背后彰显的是当下中国诗人满满的文学自信。

正是有了这份弥足珍贵的新诗自信，使得当下中国诗人在进行创作时能够"闲庭信步笑看花开花落，宠辱不惊冷观云卷云舒"。如此一来，当下诗人就不会徘徊于"为人生而艺术"或"为艺术而艺术"，也不会计较于"为民间而诗歌"或"为知识而诗歌"；进而，他们的创作就会写得十分"放松"，而不会局促不安，更不会松松垮垮。因此，当下，一方面诗人们不热衷于搞什么诗歌运动，也淡然于拉帮结派；另一方面诗评家也难以或者说不屑于像以往那样将其归纳为某种诗歌流派或某种文学思潮。即便有个别诗人仍留恋于那种一哄而上和吵吵闹闹的文学结社，搞文学小圈子，但是那些毫无个性坚持且明显过时的文学运动在新时代大潮中注定只是一些文学泡沫而已。

用文本说话，让文本接受历史检验，纵然"死后成名"或死后成不了名，也无所谓。这已成为当下中国诗人的共识。所以，当下中国诗人专注于诗歌文本之创作，一方面通过内外兼修提升自己的境界，另一方面砥砺自己的诗艺，以期自己的诗歌作品能够浑然天成。伟大作品与伟大作家之间是在黑暗中相互寻找的。有的作家很幸运，彼此找到过一次；而有的作家幸运非凡，彼此找到过两次，像歌德那样，既有前期的《少年维特之烦恼》，又有后期的《浮士德》！所谓机遇，就是可遇而不可求，但"寻找"却要付诸实践、坚持不懈。我始终坚信：量变是质变的基础。这一定律，对文学精品之产生依然有效（前提是"有主脑"的量之积累）。那种天才辈出的浪漫主义时代早已一去不复返了。值得嘉许的是，当下中国诗人始终保持着对新诗创作的定力，在人格修为上，在文本创作上，苦苦进行锤炼，进而使他们的写诗技艺娴熟起来，创作出了为数不少的诗歌佳作，充分显示了 21 世纪初中国新诗不俗的表现及其响当当的成就。

我是在读了本套"21 世纪华语诗丛"后，有感而发，写下以上这些话的。在这十本诗集里，既有班琳丽、夏子、邹晓慧这样已有成就的名诗人，也有李玥、刺桐草原、汪梅珍这样耕耘多年的实力派，还有卡卡、杨祥军这样正在上升期，状态颇佳的生力军，以及蔡英明、李泽慧这两位 90 后、00 后新锐。他们各具特色的作品，使这套诗集内容丰富、异彩纷呈。祝愿我的诗人朋友们永葆自信、精耕细作，在未来的日子里不断给中国新诗奉献出新的精品力作，为中国新诗第二个一百年添砖加瓦、增光添彩！

2020 年 1 月底于上海外国语大学

心理荒原之上的恶之花
——读班琳丽的组诗《迷失的信仰之歌》
宋立民

1

"幽人独来带残酒，偶听黄鹂第一声。"

初春，琳丽发来组诗《迷失的信仰之歌》。这是笔者鸡年第一次读新诗。

客都梅州尚有几分凉意，我得披上军大衣慢慢地咀嚼。

2

久已不读新诗，因为害怕哼哼唧唧的"自我"。

当我们忽然发现"私人写作"的先锋们个个以为自己的颠覆和反抗足以在当代诗歌史上抹一笔的时候，"私人写作"从"山林"走向"魏阙"——也要做一把"上帝"和"牧师"了。崔卫平 N 多年前就指出："为自己写作？这是所有虚假神话当中最虚假的一个……若不是为了将自己的经验上升到共同的经验，写作还有什么意义？命运是非常残酷的。本来是敏锐感到时代的问题所在，想超越于它，最终却发现并无例外地掉进了时代布置的陷阱，甚至被它无情地超越。在新时期文学中，诗歌本来是处于先锋、先导的位置，它几乎影响了整整一代人乃至冲击了整个社会，但由于历史实践的狭隘，它能释放的只能是私人的、封闭性的话语，目前的先锋诗歌已经陷入了最艰难甚至是某种落后的境地。

于是，我欣赏站在粗粝的风沙里绘写大漠孤烟的荒原与精神贫瘠的荒原诗人。

3

至于信仰，如同"幸福"二字，是不可以随便说的，因为那是博爱的升级版。

曾经，有一个干净的女诗人，信佛，见到我说的第一句话是："去过西藏吗？"我胸中有隐隐的雷声。

她说，要为我磕十万个大头。我爱她，她也爱我。但是，我还是婉谢回绝了她。

她是有信仰的人，我还没有，我没有学会执着。

4

信仰是用来迷失的。

我想起艾略特的《荒原》："死了的山满口都是龋齿吐不出一滴水。"《荒原》的结尾是 14 个字，3 行："舍己为人。同情。克制。平安。平安　平安。"嘲讽的泥石流铺天盖地。

只是，班琳丽似乎不应该承担起这个责任。她是唱清丽曲词的黄莺儿，是新闻圈里的文化人。让她写"迷失的信仰"，仿佛栀子花开出铁观音的味道。

5

围绕着信仰的迷失，班琳丽笔下走来了带着风刀的叙述者，刺开真相的观察者，交出灵魂与生命的忏悔者，及时行乐的燃灯者，毁灭草场的终结者，警惕世纪末日的失明者，经历过也使用着伤害的腹黑者。这是伴随着群魔乱舞的合唱，伴唱或者伴奏的是喝足了雨水的魑魅魍魉——尽管暖意偶尔闪现。

这是可怕的揭示。没有信仰的地方一定有盲从，有阴谋，有杀戮，有专制，有冷漠与冷尸，没有燃灯的神。

6

叙述者是风化的岩层。

开头一句很重要，开头一节很重要。

"风叙述着冬天的小镇。/火车晚点。提行李箱的男人/穿过七点钟的广场，/八点半的车流。乘上/九点四十的地铁。/丑时的雨夹雪，准时到来。"

过去完成进行时。关键是对现在有直接影响——石头不再坚硬，盐巴不再咸，只有风刀切割着鼠尾草的兰香。

我想起一首诗，题为《因为风的缘故》，是一位台湾诗人的美丽的抒情："我的心意/则明亮亦如你窗前的烛光/稍有暧昧之处/势所难免/因为风的缘故/……你务必在雏菊尚未全部凋零之前/赶快发怒，或者发笑/赶快从箱子里找出我那件薄衫子/赶快对镜梳你那又黑又柔的妩媚/然后以整生的爱/点燃一盏灯/我是火/随时可能熄灭/因为风的缘故。"

那是怎样急切与温润的初心！我想，班琳丽一定有过那样的感受，不然，今天不会写得如此理智，甚至，冰冷。

7

风是叙述者，歌者与羊皮书也是叙述者。其实，无论历史还是现实，诗情还是远方，血还是火，镜子还是灯，都是叙述。出语的顺序是叙述，无言也是一种叙述，用表情。无表情也是一种叙述，心影呼啸有声。

说出来"让我无言"，已经是撕裂现实的叙述。每个人心里都有曾经的战场，年少的胸膛都曾经咖啡一样沸腾。只是，后来，由于种种原因，叙述者不说话了，把声音交给了风。

因为她/他迷失了信仰。

8

"让死水酵成一沟绿酒，又被偷酒的花蚊咬破。"

观察者用的是闻一多看死水的眼。

老者用半条舌头嘟囔着咒语，食人蜂与杀手身体一同腐烂；沼泽上面是骗人的花，召唤师率军大踏步向前；花的眼睛被刺破，海水涌流；孤寂者独臂撞向哑嗓，嘴里还塞满苦丁……这就是微时代的恶之花，是假恶丑的完美上演、争奇斗艳。

9

忏悔者常常无法彻底。

交出无力的羞愧、无耻的贪欲以及"有罪的心和不满的声音"是可能的。但是交出"我对土地和弱者鄙视"不行，忏悔是回归泥土而放弃自我，把自己全部交给神，是"上善若水"，弱到无可鄙视。

所以，"我交出疼痛的中年，纸上/奔跑的乌托邦。我交出/身体里的教堂，不再祈祷。/我有眼泪，拒绝哭泣"就是矛盾的。"交出"的过程就是祈祷的过程，也是流泪的过程。

"我交出，直至无可交出。/直至天空澄澈，干净的风/拂过百草。直至薄如/纸张的灵魂，潜回母亲子宫"——这就对了。彻底的忏悔之后是灵魂澄明圣洁，复归乎婴儿。

祈祷是有用的，忏悔是伟大的。交完了，收获的季节也就到了。交出是富有的同义词，回到源头的温暖来自忏悔。

10

燃灯者只要现在。

相拥相吻的诱惑极难抵挡。"隐喻藏进罂粟花心的深处"，明知道是毒汁，但是管不住自己的手指与口唇。红夹袄与白长裙那样地圣洁、干净；麦子的香味在空中；孩子们唱起失传的民谣……柔弱的心无可抵挡。这样的灯，即便自燃，以至于融进黑暗，也无悔于曾经的光明。

这才是飞蛾扑火，是黑暗与光明共同编织的阴谋与爱情。

11

我想起黄纪苏《切·格瓦拉》里面那段著名的叫作"福音"的歌唱："你们其中那些虚心的人有福了，/这是因为神圣的天国是他们的；/你们其中那些哀恸的人有福了，/这是因为他们将获得最大的安慰。/你们其中那些渴望爱情的人有福了，/这是因为他们将得到永恒的生命。"黄纪苏的结尾是："舞台黑暗中亮起点点烛光。"

然而，班琳丽的结尾是："我在其中。我开始恐惧黑暗。"

新千年之际的黄纪苏是浪漫的暖男，在拜金大潮里"烽烟滚滚唱英雄"。现在的班琳丽是孤独的小女子，她害怕看与被看，她距离朋友圈太远。

12

终结者的罪与罚都来自自己。

"我放下了刀，热衷于双手合十/的祈祷，依然无法/普度去年早来的那场雪。"这位终结者显然没有得胜。

他的技法不错，俘获过羚羊般的猎物。他敢于离经叛道，怠慢圣意，一意孤行，他的"翻过七个黑山头"的形象一度是伟岸的，即便不无麦克白斯的凶狠。

然而，他毕竟没有偷猎者的精细与巧妙，他语言的毛皮出现了漏洞也必然出现漏洞。是的，如簧之舌能够覆盖一粒奶油巧克力，却如何能够掩住那场必至的雪和"停靠在 8 楼的 2 路汽车"呢？

他被看穿了，"巧舌的折中"失效，"育良教授"般的原形毕露。他获利几多便受罚几多，他所终结的仅仅是自己。

可惜，"牵犬东门乃可得乎？"来不及了，罪与罚同根而生；"利欲熏心"，此之谓也。"金满箱，银满箱，转眼乞丐人皆谤"，正如豪宅一夜之间变成了举报信，定罚一定要来，追悔莫及。

13

"失明者"三个字颇值得阐释。

双眼是什么？是"不安的血，洗着哀伤的火"。

我想，作者写的是地球毁灭前夜——血与火交织之际的失明者。

先知不必睁眼，闭目，双手合十，声音清晰如雷鸣："夜色逼近。穿过地狱的精灵，今晚，黑夜必将燃烧。"这不是绘写，不是摹状，是失明那天的预言。

有多少明察秋毫、精于算计、目光炯炯的失明者啊。

14

我不能不记起史铁生的《命若琴弦》，那一对满身故事的失明者，那一代代增加的、看不见的琴弦。

小瞎子顽强地期待"看一眼"，因为他心头抹不掉兰秀儿的身影。因为"性爱主题是一种使史铁生的灵魂不得不受到拷问和折磨的小说主题"（吴俊）。像所有正常人一样，史铁生对性与爱充满渴念；同时，又基于伤残的体验，他的笔触敏感而恐惧。

重要的是，史铁生并没有一味地呼唤"人啊，理解我们吧"而换取一掬同情的泪水。他不要布施，只求人格上的完整。

重要的是，他发现了更多视力正常的"失明者"："'残疾'问题若能再深且广泛研究一下，还可以有更深且广的意蕴，那就是人的广义残疾，即人的命运的局限。"他关注着灵魂的失明，那幅员更廓大的伤痛——奴性、媚态、阴谋、专制、拜金、自私、妒忌……造就着精神世界中的老瞎子和小瞎子。

的确，"能看见正在眼前的东西是多么困难啊。"

15

从"信仰"的基点考查,"广义残疾"或曰"心理失明"并不是"宗教精神"的彻底失落。例如拜权拜钱同样是饥渴的"宗教精神",但那是一种坏迷信或曰"邪恶的宗教"。这种崇奉强化着、滋生着精神残疾,同时又发展着、加厚着邪恶的崇奉。

16

腹黑者疑似提示光明的死神,然而并不是。

"几片枯叶,还在腊月的枝头上挂着","刀刃划过熏衣草园,溅起蓝色的味道与风波"——背景是冰冷的,适合腹黑者游走。

然而,"我练习扑向　明天的光,像风,扑向　雪,新蛾扑到火上"就有问题了,或曰就"黑"得不够纯粹。

真的腹黑者是以损人(哪怕不利己)为快感源泉的,是"我死了之后哪管他洪水滔天",他练习的是多快好省地害人,是哼着《摇篮曲》把黑手伸向孩子。

17

"大道废,有仁义;智慧出,有大伪。"大爱者才有大忧。

看到迷失的信仰,即看到渴盼回归的信仰。看到险滩暗礁,即确证了船头瞭望者的身份。

40 年前的诗人说"黑夜给了我黑色的眼睛,我却用它寻找光明"。40 年后的诗人依旧重复这"尖锐的血的声音,火的声音。/刺的声音。黑色的声音，/黑暗的声音。/脚步的声音，棍棒的声音，/锥刀的声音。和人类的声音……"不是时代没有前进、诗思再度轮回，而是"如果还有一个人贫困，/这人间就是地狱；/如果还有一个人邪恶，/这世界就不是天堂"。

需要多大的爱的羊毫大京水，才能够写出"索性让给丑恶来开垦"，才能够慨然面对文明人发明的枪弹做最后的演讲。

18

读书之际，班琳丽多半写爱情，写只要一伸手金苹果就会落下。教学之际，她写孩子，写山百合般明亮的歌吟。做了记者，她开始写历史，黄河故道让她左右逢源。不惑之际，她终于开始写信仰的迷失。

她写得如此准确而惊悚，几乎让我记起了歌颂黑夜的翟永明。

那个歌喉婉转的小女生在哪里？

然而，正是题材的开阔，证明了她思考的幅度。正是不同的笔墨，让她的文字日益丰厚。她思绪流布，张力绷紧，似瘟实腴。

19

海涅："我想那小舟和舟子，/结局都在波中葬身；/这是罗蕾莱女妖，/用她的歌声造成。"

在"女妖"和"歌声"此起彼伏的岁月，在"女妖"和"歌声"牵魂绕梦的地点，精准是相对的，迷失是必然的；诗人尤其不会处变不惊。

是故人类发展的历史，就是一部血与火、歌与诗的迷失历史。

苏东坡慨叹："泥上偶然留指爪，鸿飞那复计东西？"趁着还能迷失，还想迷失，还不惧怕迷失，就多看看妩媚女妖的直播，乃至随着诱惑的歌吟舞动吧。

"我不后悔，你不要回避。"

20

班琳丽是我的学生。但"学生"云者，是 25 年前的事。现在，她的诗句已经悄然步入我的教科书。眼前一亮的时候，我会想：我已经没有资格评论她了。

我为此充实而快乐。朝阳总是要变为夕阳的，尽管暖意相似。

目 录
CONTENTS

第二辑 主题：疑似非爱情诗

第三辑　主题：疑似致自己

第四辑　主题：疑似组诗

第一辑　主题：疑似爱情诗

当我们热爱

我们学会了哭泣

早　晨

无疑，这是一个哥德巴赫猜想的早晨
一个句子猜想无数个句子。无数个句子，猜想一颗红豆

如果由猜想擦出火花，就让它冶炼诗句，打一把刀
用皮肉测试锋芒，让感受寻找贴切的理由

自己划出的伤口，自己养
故作的平静。残忍？忍着点

这世间，自己从来都是自己的凶手，又是
自己的医生。用疼痛丈量的幸福，验证一颗诚实的心*

* 叔本华说，认识乐观主义的反面需要的只是一颗诚实正
直的心而已。

圆　满

夜，失眠了。子时
候鸟南飞，在红豆杉的南枝，筑越冬的巢
星光下的海，没有争端和战事

在草原
落单的羊羔，循着马头琴
和蒙古汉子的长调，辨识敖包的方向

月趋于满。每一个中秋，都有圆满之心
每一轮中秋的月，照着赶路的归人
也照着离人手上的酒杯

是的。这一刻，适合端杯红酒，遥望月亮
单曲回放王菲的《明月几时有》
将落在酒中的月光，秋夜的凉，一口饮下

宴　请

谜，没有谜底
昨日的宴请，已摆在那里
你我都被分配了角色
沿途没有豁免。遣返已无可能

庄稼与夏虫，是短途的客人
西风提着镰刀，披着黑斗篷
死神露着菩萨的面孔

路，越走越短。恋故乡的人
抓起一把土前行。我是持香烛的人
更小声地说话，不惊到地下的安息
灯下的无眠

林风灌满了山谷。一场降雨
雨腥味浓了。同行的人
互为影子。互为人质。互为亲人

练 习

祖母重又坐回门前的捶布石上
练习这至死成谜的一个坐姿
她门前的小土路，飞尘
早已被水泥凝固

我知道，练习是适者
一生的课程和技艺，像路
练习延伸与断裂
死亡练习豪夺与抽身
猎人直到他举不起猎枪的一刻前
仍要练习瞄准，巧布陷阱

我实在不清楚，蝼蚁
该练习什么
只晓得，在月圆时
我练习在灯下等待——
那个远行的人，提着夜色破窗而来

初　夏

抽身而退的春光浅浅的
叶片下乳豆大的果实，成长的颜色浅浅的

溪水倒映着清翠的鸟鸣
鸟鸣潜伏，午后的寂寞浅浅的

夏日没有想象的凶险，河流已准备好迎接汛期
"拒绝成为钥匙，拒绝锁死唯一的地址"

傍晚，浅浅的夜色越发开阔
有人正穿过七点的钟声

原 罪

此刻的塞班岛，两个饥饿的人，上岸了
他们是偷渡者

举起词语的仪式，喂食自由
十字架不再是胸前的挂件。每一个词语初生的原罪
说出，就是落地生根的预言

七月的阳光，是吐露箴言的男人
果实里的蜜。急于收获的人，忍不住猜想

繁花中深藏的秘密。午后，猫奴
贴紧醒着的人，小睡。手臂箍起夏日的港湾
那些不想碰触的哀痛，逃离塞班岛

时间是被动了手脚的沙漏。过早到来的
黄昏，把你舍不得的带走，也把你正想要的给你

深呼吸

夏至的房间，拒绝塞班岛消夏的邀约
宜于拉严窗帘，熄灭灯火
在空调送出的凉风里，加入妖气
允许我施展法力，偷窃时间，赦免盗匪的谎言

在虚拟的山川、河流、草原与森林
豢养狮子、豹子和梅花鹿
在意念上作画，画半山枫林
穿过昨夜的男子，怀抱降暑的冰

抵达恶作剧，与他作案。挑起祸乱
作壁上观。一边大火蔓延塞伦盖蒂草原
惊悸的狮群、豹群慌乱地出逃
一边河水抱紧河岸，浪花作深呼吸

编造上帝的桥段，创造亚当
右臂依在山坡，左臂伸向宫殿
他在悲哀中，懂得亚当的渴望，代替夏娃
导演骨中肉中的话剧

下午七点的钟声响起，宜于跳起，

打着哈欠，关上空调，赤脚走向窗口
宜于微闭双目，拥抱破窗而入的夜风
和鸟鸣，满意于如此幸福地浪费生命的一天

午　后

午后，七条金鱼没有午休
院里新翻的泥土，蚯蚓没有午休
手机里的朋友圈，没有午休
春枝摇曳，两只恋爱的翠鸟没有午休

我躺下来，准备午休
枕边展开的辛波斯卡没有午休
书桌上的截句、里尔克没有午休
那条等待初夏的长裙没有午休

我突然被一股捎带雨讯的风惊醒
我的指尖，开始微微颤动
为什么颤动？我说不出

复　述

送信的人走了，黎明到来
红嘴鸟啄响窗子，用衔着的草籽
跟我交换故乡的消息
强降雨在昨天，雨卷着火舌
蝴蝶扑进大火，抱起重生的落日

夜雨涨满老屋窗下的陶罐
童年时我藏过一只陶笛
父亲用它吹起《远在小河的对岸》
我带进城里的乡音

七月的村庄，草木丰美
庄稼养育了故乡，养肥了羊群
爷爷牵一匹受了腿伤的军马走在风里
母亲担着井水走向麦地
我十四岁的心思，挂满湿漉漉的草尖

无争者没有异乡。锋利的悲伤
在左，尖锐的疼痛在右
中间的日子，我每天
向一只鸟复述一下人生，是幸福的

夏日的惩罚

雨后清晨，阳光细细梳理红嘴鸟的羽毛
它叫声饱满，忧伤明亮，是我喜欢的

地坪上汪下雨水，闪着石子的光
这卑微的善意，沉静的力量，是我喜欢的

我眯起眼睛，墙垛上母亲备好棚架、晾绳
抱出发霉的衣服，拧得出水的被褥

凤尾竹遇风而生。鸡笼打开，芦花飞出
狗舍打开，麻团冲进鸡群

我坐在它们之间，叶子筛下的光打在脸上
七月俯身田间，果实赶着催生灵魂

夏日的惩罚是慈悲的，泥更温暖，土更懂得
跫音在心里响起时，美好如此靠近

告　别

青柿子提前告别季节。声音飞落
像多瑙河的水波划伤皮肤，蓝色流出

的确不能苛求告别的声音，奏出
肖邦《E 大调练习曲离别》的启示——
离别不是结束，是开始

欢场散场，终不过风起雨落的道场
日子又在日历上飘落。季节放弃为自己辩护
最有力的辩词：无言

蝉声远去，痛过才是活过
此刻，灯火处，孤独的人打开家门
远方还在远方

世界不过一场告别
请准备好：哭泣，或者拥抱

归　来

七月，雨水抱紧果实和蝉鸣
犁海的男人，回到海上

鱼群回到出生的水域。河流回到了源头

昨天死去的乌桕回到从前
明天到期的预言，回到了它之后

这时节，足球和告白都在发烫
一个词语，挑起战事

火，在水里蔓延
大雪回到故乡，灵魂回到肉体

你说，归来便是全部
在伦理与自由中，让自由走向自身

红色的谜底

夜深了，不肯停下来的，除了时间
除了落在蓝豆娘喉咙里的月光
嘎朵觉悟来了
头顶青果阿玛草原的
神谕，遇水而生的草籽

雷声在远山滚过，哭泣的雨水
赶着路，比真实更真
放大的幻觉
绿色的火焰举着红色的谜底
对不起，不要喊醒我
在黎明到来之前

窗前的凤尾竹上
一只红胸脯的知更鸟，正用它
喝过果浆的喉咙
替无眠者复述——
天空飞过的马匹，身体下起伏的河流

梦的镜像

梦犁开了黑，语言找到我，排成飞鸟的队形
词语的镜子，一面映现着母亲的天国
一面照着父亲的尘世

星星滚落草里，牛羊坐化成诸神
红雪覆盖了水面。旧城堡举起灯火与晚餐
赴约的人在路上，骑白马，怀抱八月和粮食

一滴水在时光之外，道出仲夏夜的心思
最后的圣餐，只给一个人
那人爱上你时，合十的手掌罩着菩萨的光芒

启　示

比海洋更深。比秘密更不可言说
鱼骨漂浮在海上，红海滩
死神递出《战书》

大地上的情事，稻谷是稻谷的启示
稗子是稗子的线索。河床上
流水寻找远方
归来的人，打开锁死的地址

婴儿的哭声啼破黎明。向阳花的花盘
扑向太阳
所有奔赴的日子燃烧、上色
百果以甜蜜入秋

你说，深入——步步如子弹穿膛

光阴的道场

在这一刻。还没有到来，已在辞别了

路躬起身子，背影辞别了黄昏
雨水洗净了天空，候鸟梳理好羽毛。三尺泥土
地上，草木结籽的声音高过灯火
地下急于归来的亡灵，叩动地层的声音，盖过雷鸣

舍利子出世，拂去埋葬的尘土
像为圆寂的僧人脱去他尘世的僧袍
不，像一念未了的僧人重新入世
作最后的布道——

到来与辞别，不过时光布下的道场
到来的未必到来了，辞别的未必就辞别

净　土

这时节，在乡下，雨水是解人意的
棉桃裹着温暖的白。稻草人站成最后的谷穗

家家打扫粮仓。我又听见祖父临终的叮嘱——
我睡会儿，帮我磨快镰刀和锄头

城里人的黎明，搅拌机搅碎了睡眠
楼盘，让不被认证的前方，成为远方

不被认证的空着，成为空着的罪过
灯火点不亮的黑暗。老马迷失归途

晨钟敲碎的湛蓝，在皈依者身体里下蛊
胸膛贴紧土地，丈量泥土的悲喜

这个下午，我留给你。读笛子捎来的神喻——
生长庄稼的田野，才配称最后的净土

秋风渡

我低下头。土地
慈悲的目光凝视我
草木矮下来。山头
也矮下来
天空让出南下的航道，给雁阵

饮足雨水的马，是守信的邮差
渡口，船与秋风，等待渡河的客人
到来的是秋声——
镰刀下，归仓的谷粒。云端，滑落的哀鸿

风，吹过山岭。在昨夜
醉饮的人，走过我的梦里，遗落一枚写着诗句的霜叶

风拂过万物

风发怒了
莫兰蒂举起死神的手刀。我仍相信
风拂过万物时，怀抱悲伤

那一天，夜色抱紧挡马河
失散的星群，在水底缄默成燧石
风里
溜蹄马驮着十六的月亮，离去

风的村庄。五月的牛栏
耕牛反刍着久旱的雨水。风的女人和孩子
趁着黄昏，做回水里的鱼

风在今天回到风里
黑衣者穿过饮血的夕阳。庄稼放倒
新寡的田地，新坟挨着旧坟
旧坟，培着新土

一块冰，写下今夜
风见证——

我躺在母亲生前睡过的

床上：左手扣紧母亲，右手扣紧月光

今夜是新的

今夜是新的。夜在旧下来
南国的红豆在这个季节是新的
南国在旧下来

开放的待宵花是新的。无主的开放在旧下来
不约而来的鲇鱼是新的
寂寞的风在旧下来

黎明之前，注定在灯火里降落的雨是新的
迎接雨的夜色在旧下来

今夜，定制明天灵魂与风月的出行是新的
它之后，上帝的恩赐不会旧下来

修　炼

雨水的现场，落叶没有仇恨之心
花瓣写下最后的去处。孤独与命运
能说出口的，不比眼泪真实

世界可爱地乱着。几只流浪猫
从乞讨者的全世界路过
水往高处蛇行。塔吊倾斜
阳光以 45 度角滑落

从教堂十二点的钟声路过
我是向佛的门外客
确信半生的爱和生活
不比一地落叶结实

隔　壁

屋子。或许不是。锁。也可能
为提灯人锁死了地址
多棱角的风
猜想不出投机的机会

马起飞。蜿蜒的带电的导线
拉高风的声部，杂音预演丰满地切入

雨水为草木写下悼词
路，起身打躬——
送一场葬礼远去

被冷落的黑衣人，在隔壁
羊窝里，狼祸越演越烈
枪口，开始对几本书解禁

不急，慢慢翻，慢慢读
轻提裙裾，慢慢看。风景伸向远处

昨夜完好如初

昨夜，完好如初。来过的人，走了
消失的刀子
戴着盗梦者的面具

雨水落下，放空天上陈旧的日子
天空，坐满新的神灵
所有新编的神话，只写下神秘的开头

盗梦的手，给盗来的梦
施以凌迟之刑。献身上帝的女人
赤着脚，轻提裙裾

红水翻腾。孤独之毒
像一场未到的白雪冷艳

雨后十四行

火焰无法熄灭。我想试一试
这场雨水过后
将湿透的百草，飘红的枫林
空山，草场，挤在雨水里的麻雀
烘干，暖过神儿来

相比于雨水，我更喜欢
阳光的风度。让叶子的飘落
多几分颜色与体面
让冬眠的虫子从容地回到土里
让动物藏好足够越冬的食物

我只带一首诗奔向冬天
若有转身，只为多看看身后的
凋零。若有多余的燃烧
这场冷雨后，我将试着爱上荒芜

乌鸦的呓语

与你说起的那条船，在几只乌鸦的叫声里
驶进夜色。初冬的风，像刀子

凤鸟已备好自燃的火。翅膀上
等待浴火的雨水，滴穿碎裂的山崖

我是拒绝刀子的带刀客。锋刃
只刺入自己的心脏

在腐烂的气息里，赤裸相对
扔掉刀子。或者相拥

未来，未知是一个谜
我已薄施粉黛，向着初生的方向，往回活

最　好

最好是无眠的时候。大雪封门
来路去路皆断，酒刚好烫喉

最好是书房里，你拨旺炉火
布下道场，便于对坐、打量

最好虚掩门窗。月光推窗而入
或者推门而进，温顺的豹子现身

最好在深入与打开前
净手焚香，九真香雾淹没了整个房间

最好下刀轻些。右手执刀，左手
从起伏的山水，开始抚摸

最好计算无误。箭的射程，枪的
弹道，别产生错觉

最好钎子、锤子，凿开沉睡的生活
你分开恍惚，拥紧浮出夜色的身体与献祭

第二辑 主题：疑似非爱情诗

我们是我们的爱人，也是我们的敌人
我们是我们的凶手，也是我们的医生

退　烧

黄昏的街角，我放慢了脚步。
十多位流浪狗，在摆开的垃圾堆前
列席今晚的盛宴。

它们，享受着当下的狂欢，
各自佩戴着强者的勋章，
半截尾巴。一只眼。瘸着的一条腿。

妇人胸口兰蔻香水的味道，
那些年，还有罗马地毯上的安宁，
午后阳光暖房中的假寐，
成为失宠时开脱不掉的原罪。

独自或结伴，在退烧的生活里
饥饿、寒冷、疾病、恐惧……
不关心明天，只关心残羹果腹。

我经过它们，像经过进城的
我乡下的亲人，眼睛濡湿。

没有故乡的人

没有故乡的人，在异乡哭泣。
皱了脸庞的妻子在另一个城市，16 个小时
踩着机车。孩子在白发父母的身边，
同猫狗玩耍。

在脚手架上站立，有比躺在工棚床上，
更踏实的安稳。那时他会突发奇想，
抓住一片云，飘回故乡。

没有故乡的人，害着房子、女人与恐惧的综合征，
与工棚、发廊、放映厅签有口头契约。
这些地方像女人的身体，
他想从那里掏出丢失的村庄。

远方，留守着粮食、老屋和新鲜的马粪。
他肩上只有空空的钱袋。月圆时，
他会发病，节假日是治愈不了的病灶。

没有故乡的人，只有动荡的夜，
塔吊；只有搅拌机的轰鸣，
暂停的间隙，抱紧肉身和眼泪，借梦还乡。

剃头匠

他用一把剃刀，向这个世界谢幕。

整整一个下午
他在剃布上磨剃刀——
日薄时剃杀了剃布上的太阳。
掌灯时剃杀了一只误投的飞蛾。

老眼不时混浊。隐约中的
红绣鞋，红肚兜，红盖头。
手掌心里的红发髻。
嘴巴里的，红乳头……

手上的劲儿悠着。半辈子驾轻就熟的功夫了
剃去头上硬倔倔的发茬。
剃去下巴上稀花花的胡茬……

隐约中的
红罗裙，红被褥，红眉眼。
绵绵的红腰带，飘忽的红蜡烛……

手上的劲儿悠着，悠着

夜深了，漂亮的一刀，躬身谢幕。

在明天沦陷前

你需要小心。
手里紧紧抓住的，是无。
看见的存在，正在消失。

今天的河流
淤积着明天栓塞的泥沙。
今天枯死的唐柏，传来响彻明晨的刀声。

明天的罪证已在今天生成。
明天撞上冰山的船，正驶出港口。

介意一起流眼泪吗？要不
一起小心吧。在明天沦陷前，向仇人也敞开怀抱。

来了吗

两次丢失舌头的人举手示意
两次被自己绊倒的人重新走进自己的影子
握住月光的人丢了月亮
嚼食面包的人背着故乡
来了吗
季节里，远离源头的河流

拆解城中村的人等在弄堂口
做弥撒的人走向教堂
在床上将政权比作女人的手转经筒
在昨天，火焰等待被火焰灼伤
来了吗
受难的女人，身披着哈达

"即日有雪。明日大雪"
横竖走不出冬天了
失眠的人们在讲，从前有座山
红嘴鸟掠过灯火将尽的城头
来了吗
或许，我已经知道答案。但我已失语

证　词

把"拆"字写在女人背上。
目光搭上抽紧的肩，
他开始拆解——
她的黑夜，眉间的远。
手心里的谜团和土块。

雪莲不是潘金莲。
茅草举起飞蛾的证词。
雪有遮羞之意。风
不解风情。拆卸穹形顶，
绞刑架。交响曲。忏悔书
一百五十页，漫漶的字。

女房东嗑开瓜子皮。
穿拖鞋的男人边走边削水果。
流浪猫加入狗的队伍。
街头，
一个民工蹲下来
看它们浩浩荡荡穿过城市。

明晨。雨停下了。

雪还在持续。

未知的船，停在对岸。

给出"拆"字理由的那个人

拔出深陷礁岩的铁锚。

这一天过去，他再次起航。

那些唤醒我们的陌生

祈祷吧。为那些唤醒我们的陌生。
夜的网撕开，梦中的人和神
回到过去。未来。我们打开门
洒水。扫雪。

九只麻雀来自城外。枝头上
四颗柿子端出最后的圣餐。
陌生的精灵，翅膀上的风还结着冰。

叫不出名字的鸟雀，飞过村庄。
一口圣餐，一眼我。
不用多，一声乡音已唤回我
站在故乡的麦地里。

祈祷吧，以攀谈的方式。
谈这场雪。谈昨夜。
一把椅子，等待陌生的闯入者。

也谈亲人和神明。阳光照进来，
在阳光里谈死亡。
按摩山林经年的疼。

哽咽。贴紧。喇嘛诵起祷语。

笃信菩萨，自己就是观音。
臣服的死神，听它发出
"我在空中迷路——此时，何处？"

刀　声

我已先于夜色，听到黎明到来。
先于树木，听到刀声迫近。

风路过城市尽头的霓虹桥。
等待邂逅。或被捕。

亲爱的，开始了。到处是
饱满起来的冷。喂下阿波罗。

孤独的人回到小木屋。
他的孤独有黑加仑的味道。

虚拟吻和拥抱。雪，落进身体。
你说，暮色漫上来了。

我知道，灵魂像一个小女人
被牵着手。走向灯火尽头的小树林。

泰迪在贵妇怀里，安静了。
飞鸟，木头，船帆将在拂晓苏醒。

陷　阱

用玫瑰和枪声，布下陷阱。
用狮子的心跳等待。橘子已盛进盘里。

军马的腿拉伤了童年和风车。
马鬃飞起来。风飞来。火烧云飞起来。
家门在暮色里打开，母亲迎至门外。

好。宝贝。好。感谢上帝，
死亡也是一种恩赐。

伊利亚特重燃战火。荷马借星光复明。
妇女。儿童。羊皮书。
叙述者描述苹果的 N 种切法。

来了。红狐一只脚踏入陷阱。
猎枪校准膛线。美人等待着穿上新衣。

喊风暴

我是海。我是沉默。我需要一场风暴，
掀开海水，吹起沉船。

山谷铺满雷声的回执，天空用旧的词语。
泄洪在昨夜。房子在山坳和云端。

鲸鱼群在街道上搁浅。
月光埋进沙里。岸，等待冲决。

你说，好，这样就好。
北斗星是永恒的。灯塔的微光是永恒的。

老唱机放入碟片。我喊一场风暴，
昨日在以明日的样子，原样地回来。

今夜的风向

记住今夜的风向。逆向寻找
能穿过蝴蝶的迷谷。涉过河流，能见到森林。
迎面会遇见逃命的豹子、狮子和狐狸，
遇见曼陀罗和花香。

让它们看清你的模样。
它们会感恩，指给你走出森林的路。
你一定要认清持刀者的面目，告诉它们。
它们会回到这里。

石头可以不开口。风可以中途转向。
你也可以回头走掉。
天上的眼睛睁着。星星、鹰和神明。
地上的耳朵听着。草根、墓碑和百足虫。

膨胀吧，欲望的刀声从来是豪夺者。
也是自己的泄密者。
被管制的喉咙
发出了呼唤：明天还有多远？明天还有多远？

姐　姐

你用盐巴捂紧呼吸，和心绞痛。
落日飞起来。干草垛在故乡的月光里打坐。

日子旧下来。半老的面目
养着新的流水线。你是流水线的姐姐。

门虚构着另一扇门。出租屋虚构着奔跑的孩子。
盐巴上炙热的疼痛，不可虚构。

昨夜，第三颗纽扣，翻过
黑衣人的拥抱，
读海水快递来的信件。一样不可虚构。

姐姐，那就裹紧你吃草的胃，和最后的眼泪。
明天有大风和粮食，做你回家的盘缠。

今夜的秩序

今夜，秩序有些小野蛮。
卯时的灌木，围困着亥时的对峙。
黄昏，布置成治愈系的葡萄紫。

执白子的卒子，保有足够的耐心。
执黑者，无名指轻敲你的楚河。炮，
在山的另一边窃听风云。

民工们，呼吸着早晨五点半的霾，
爬上脚手架。说真话的
孩子，刚刚签下视网膜捐赠书。

T 台上，资深女模
裹着体香浸泡过的虱子。嘘——
美人儿，有一句话，要小心说出。

我有片刻的自主就好，
发呆或装傻。不去赌，预言
会以怎样的姿势，逃离画中的神灯。

我是迷茫的

当我说出"德兰达"，它来自
昨夜的梦境。我同时听到马嘶穿透
囚禁的沉重轭具。医生
赎回拂晓前无影灯下虚晃的一刀。

众神端坐。会议进行到一半。议题与
橘子，假面寻找舞伴。街头的乞丐
举着报纸，在字缝中寻找面包
与丑闻。一条新闻在寻找十佳读者。

死去的人，不会说出脚手架的
秘密。两个真相是没有真相。嚣风
这热衷于咬耳朵的长舌妇。考古者
拿起发掘铲。地层和时间开始招供。

我也要供出，梦中的火焰和春天。
湖畔的蜡梅，顶着雪花开了。
说起的日子，火车票顺利改签。我
急于说出"德兰达"。尽管我是迷茫的。

太阳照亮世俗的一切

二月，地下的牛骨，也生出破土之心。

春天启用茂盛的叙述。
主教鸟以露珠的母语鸣叫。冻伤
照着冻土的偏方，抓一味当归的药。

死去的人，将秘密藏进种子里。十字上
钉子抑郁的脸，被光线按在墙上。
策兰的词语，弥漫出阳光和土壤的味道。

圣女果与罪恶一同放进盘里。
我将在乘上地铁后，爱上
起身拔节的麦子，喊出疼痛的喉咙。

太阳是我们跳舞，像时间一样，默不作声。

被风吹乱

窗外，这一树麻雀是在悄悄说情话吗？

我听不懂。我愿意相信
这个特别的日子，它们是被爱召唤
在一起。我唯有带露的祝福。

这个日子也在唤醒绿色。冬青，
铁树，仙鹤草。风，吹绿它们的
二月，和柿子树上朗声的鸣叫。

我祝福归来的南风，以流线形的
腰身逃离冬天。轻装穿过
河流，田野，暮色。或许还有我的村庄。

今天适合说出麻雀的低语浅唱。
说出消融的冰。开盛的杜鹃。被风
吹乱的早晨，午休，和书页。

被吹透的中年，梦中的相见，我不说出。

我们都有欠于冬天的道歉

冬天转过身去。像落日，有李子的味道。

我们在失去。少年的单车。一道
几何题的十三种证法。失明
又耳聋的老家狗，走失在年夜的炮声里。

三场雪回到地下。细叶与花苞
回到枝头。河流起身。路途备足干粮。
马群驮上"奔流、奔流"的回声远去。

我合上昨夜第三百六十五页。黎明
在第七行诞生。用失去送别失去。
用解冻的炊烟，纪念绿月亮，红屋顶。

当幼兽跑出深山。低处的水，淹没
不可粉饰的羞愧和丑陋。我将
答应春雨，代替我，哭出心底最后的眼泪。

一只橙子

预报的暴风雪没有来。禽流感来了。

在他处。征用、强拆、暗杀
在头条里。海棠、牛至、欧洲蕨
并不构成有同儿戏的多边关系。

春节铺上的桌旗还干净。
文菖蒲斜插在青花瓶里。几本书
散落在不远处。一团搂搂抱抱的和气。

它还是老去了。像马贡多
第一主妇乌苏拉。被抱着放在供桌上，
被抬着藏进谷仓的柜子里。

"这么说，这就是死亡了"。
善于重建的手，想重建一次生。
"门窗统统打开，烧鱼煮肉，让外乡人进来。"

飓风席卷飓风。孤独裹挟孤独。
傍晚，套马的汉子

经由隐喻

走进包房，取下壁上的马头琴。

我不动刀子。为让一只橙子保持完整而体面的尊严。

赎 回

我将看见，在看不见的
背后，冬眠的松鼠、灵蛇、北极熊，
在等待惊蛰。

"反正是征服不了的"。
我们推开窗户，让未曾入窗的
云影、经声，光芒一样涌入。

最早的雨水，洗亮马嘶，
草甸。牧羊犬，赶出伸着腰身的羊群。

时间是春天里的佛陀。花朵赎回
颜色。诗人赎回隐喻。我放空
双手，等待握紧二月的雷声，五月的麦子。

内　隐

总羞于提起，左心室藏着的
铁甲和伤疤。看见的
在萌芽。看不见的，也在密集地萌芽。

十点钟的广场，有两条路
通往黎明。盲人走过北边的那条。
客满。小旅馆开始漫天要价。

屋檐下的燕巢，新泥是挡马河里的。
草梗是爷爷蒲席上的。
泥与草上的血是它们自己的。

时间是我自己的。自由，
哭声，还有冬天托付的一句话。
不宜说出的，我练习扼紧懈怠的喉咙。

多幕剧

暮色涌来。一只折耳猫
在二楼的窗台上，
回头望了望，跳了进去。

"小黑裙若是穿对了，任何衣服
都代替不了它"。那时，温莎夫人
眼波里的地图鱼，正游过浅海的礁群。

七点钟的国际台，安达卢西亚
越过水障，石墙，在第三重障前停下。
它右边的第三根肋骨，又疼了。

远方，星光渐阔。患眼病的男人
拐过花园，走进了客厅……
书页里的红唇，等待菩萨的安排。

明天的早餐

瓦砾之上，我听见落日的
晚祷，碾过废墟："这是正路，
你行在其间"。

响亮的，冲破喉咙的光，喂养干渴的泥土
和石缝里的草芽。神赐的日子。

我坦白，我爱着。但我没有理由
喜欢。在春天，
丑陋和阴谋，借惊蛰冲出膛线。

世界的半身，围坐在深夜的
圆桌前。"人民"
被摆在高脚盘里。
右边子弹，左边粮食。

不必从梦中一再起身。在灯下，
在上帝的黑暗里
与枕边人拥抱，或谈谈明天的早餐。

麻雀的心事

它们急于进城。在黎明前
挤上最早的过路车。

我梳洗出待客的模样，
洒下清水，打扫庭院。
端出朝阳和谷粒。

我们在枝头上坐下，攀谈。
谈麦子起身，偎紧春天
返青，与拔节。

谈清明日近，挡马河上
日夜摆渡过往人
与迷路的冥魂……

也谈异域的舞台，
弹劾与下台，阴谋与丑闻，
都是见怪不怪的戏路。

我们偶尔争论，没有

不可调和的争端。

我们是亲人，

只交换春风里怀揣的消息。

灰二月

春天的先知，头顶
圣光的种子。
季风怀揣充沛的雨水。
候鸟贴紧天空。
沿途收集神灵的祝福。

不能再深了。黑颈鹤
喉咙里的绿色。
农人下锄的日子。
我身体里，幸福
与悲伤，昼夜杜鹃一样啼叫。

从地狱赶来的，不都是
魔鬼。
日瓦戈医生，
挥着汗
为骑手缝合酒红的下午，
三点五十的虚惊。

红发少年，切着鼓点，
英文说唱——

《这就是中国》。
被束的人质，兀自念叨，
疼痛咬出的齿痕，应该浅了。

多么美好，无动机的
姿势。虚幻。
夜幕下的浮城，看锄头
获罪。冷灌进领口。
"请快点儿，时间到啦。"
归来的人，裹紧
风衣，和异地的灰二月。

风　暴

要不赌一把？我赌一切在醒来，
看见的看不见的，听见的
听不见的。像石头起飞，
带着闪电的啸叫，初生者的欢愉。

醒来，在晨钟敲起最后一响，
我的梦和我——
白色骨殖上，红字的声音，是神的审判。
我是清醒的朗读者，愤怒，又深情。

然而，我醒来，一切都已忘记。
弗洛伊德说，这不是消失。
不急，等待。某一个早晨
或黄昏，某一个喝茶的下午

它来到。审判已结束，或者
正在进行。足够让一场风暴来得
猛烈。泥土中的相见，
纸上的攀谈，保有完整而体面的尊严。

一　切

而一切，都是不确定，又不安分的。
冷，与霾，仍像
不甘于迟暮的老者
时时制造"在场"的噱头。

远处，风涌起，卷着日常的黄土
和兰草香。来了
我们谁都挡不住的春天。
花朵里的预言，词语里的远山与海。

罪恶与丑闻，也赶着登场。
苦母乳，我们喝着苦母乳长大的一代。
我们喝。我们喝苦，
喝节节攀升的高，难以开口的苦。

独幕剧，多幕剧。独角戏，对手戏。
我们真够忙的。请牢记一出戏里
素颜和假面的转换。莫慌张，
请记准台词，它决定你下一步的沉浮。

我们不说爱很久了

我们不说爱很久了。
拆解的时代，不宜交出爱和秘密。
宜交出被解构的心。宜灵魂
出窍，向着父亲的村庄，母亲的麦地，低飞。

风暴，带着埋葬和裹紧一切的力量。
沙尘里，我们是认出彼此的亲人
聚在一起，旋即又被分开。
死亡是最结实的疼。我们在其中。

拆除春天的篱笆，让山川，河流
和鸟群，统统进到院里。
恶魔与犹大，也放它们进来。
让它们在花朵与鸟鸣之间羞愧，坐立不安。

死去的亲人看着我们——
我们开花吧。
放出牛羊，啃青和生长。
我们迎接了风暴，和死亡前的沉默。

词语的风景

现在是下午四点钟。我在词语的
风景里，看池塘边的人
注目着远处。
短促的呼吸，听出浑厚的潮汐。

湿热的风，漫过"哔剥"作响的
甘蔗林。打开书
三百一十二页——
维斯托尼提斯的黑鸽子

盘旋在天空。我是奔跑的
时间。在我之内，
恶魔睡着了。
醒着的天使，带着雨水和火石。

有必要记住一些不朽
春天和我们。即将到来的夏天
和假日。以及这一切之上
比风暴，更紧拥抱着你黑夜的人。

画四月

我在纸上画四月，四月就哭出了声。
画抽嗒嗒的雨水
雨水
就浇透了世间迷路的孩子。

我画下风，风即刻动身
朝向春寒深处的村庄。
飞过天空，追上
羊群。飞到麦田，膝盖就软下来。

我画琴弦，鸿雁飞过头顶，
送我南国的雨讯，
和合欢果。
我画昨夜，画最后的抒情。

我画不出无骨的死亡。无眠的
孤独。亲人潜入梦中。
我是
哭出声的四月，是飞不回故乡的风。

春日图

春天，枝头上的花朵，是朴素的神。
倾尽肉身绽开，旋作了
焰火落地。
以母仪之心供养果实，直到秋日凋尽。

我的红天空，白马匹。
我笔尖下逃出的狍子、灵雕
马耳草。新生命
赶着降临，完成农谚里的春日图。

吾爱，你说，刚刚好，
写作吧。犁铧
就蹭亮了春色，深耕
被离乡人怠慢的地块、滩涂。

鞭子甩开，抽醒村庄的早春。
牛羊低头吃草，麦子起身拔节。
多么好。而裸地
依旧在提审锈锄头，与害拖延病的冬天。

苦四月

春风吹来，还是要尽情地抒怀。
比如趁着月黑风高，翻阅
古老的民谣
会有张着毛眼眼的妹妹，望着你。

也可能是妖。翻手覆手，
南国的橘，北国的枳，被塑形的
我们的苦四月
斜插在盘丝洞中的细颈瓶里。

窗外，林花开谢匆匆。
宜忍耐火焰的燃烧。宜
将灰烬作药。加黄连、白芷
当归，煎制成治愈幽疾的止痛膏。

桃花三世，十里
都不如归来。听一听檐下的
雨声。回屋展卷，为尚在
公诉期的《盗火案》，写两点补充说明。

我的羞愧

能哭出眼泪的心，还是菩萨心。
我为我倒春寒里的村庄、城池
哭出江水。而我
会在水流挂上唇角时十分羞愧。

它不够挽留，不够灌醉
身后飘远的身后。唱《霓舞》的
女子，雨水里，反复摆放着
破碎的中秋，与一再扑倒的庄稼。

村庄凋落。渴啊
开裂的麦地。抱紧久旱的
挡马河。无暇悲伤的
乡下姐姐，怨着眼睛和身体里的深井。

我还是愿意放声，痛哭
和赞美。月圆之夜，流着泪
亲吻我月光上的母亲。
离开的故乡，与越走越近的亲人。

强降雨

好吧，看我还能交出什么。
在溪流与青草之间，
证词和谎言一同生长。
耐心些，就要提审一贯冷漠不开口的人。

红脸的乞丐，穿过将隐的
落日。身后的寺院，
几只乌鸦掠过。晚祷的钟声
在微秃的头顶折叠铅灰色的云块。

七点钟，卖烤白薯的女人哭起来。
手上，一张假钞举在风中。
一个硬币抛向她，落地之时
溅起一声敏捷而狡黠的"嚓"——

雨夜，雷电扫过街口和巷弄。
我坦白，我是目击者。
而我除了落日与乌鸦，再无
铁证，当庭证明，一次死亡的非自然性。

相见欢

四月喂我青麦，喂我
雨水。返青——
我在两座村庄里拔节，
在七座村庄里，转经筒，磕长头。

蚂蚁开始劳动了。土拨鼠
忙于打洞。我忙于
摧毁我的手稿，
将写于缝隙的东西，小心存盘。

有酒，不妨大醉。
拿杯来，夜光杯。拿琴来
绿绮琴。你击节，我
唱和。春辉无边，宜豪取买醉。

是的，今春我是个醉人。
就要见到青溪的夏天，
寻到溪东那把沉醉的椅子
听一朵望日莲，讲出她爽约的故事。

无端风起

不是所有的窒息都与哀伤有关。
比如一列高铁从遥远的地方驶来，
铁轨高速叙述着风的
激情与速度。
星火飞落，大地震颤，
我会无端地窒息。

比如昨夜读《霍乱时期的爱情》
五十一年九个月零四天
爱等到爱。
放逐之舟挂起霍乱的黄旗
驶离海岸。
窒息就拥紧了我
带着不可抗拒的蛮力。

我窒息，有时因为巨大的哀伤。
有时仅仅因为一个不足道的词喊不出口。
就像现在，我想喊出"啊"，
窗外无端涌起的风
捂紧了我蓄满水泡的中年和嘴巴。

坐春风

午后，读诗。一切又像开始了一次。

昨日，复昨日，重回内心。
有些像今天早晨，我在阳台
看见，葡萄叶已铺满春天的藤架。

日子，忧伤的，欢喜的，思念的
流泪的，被诗重新唤回。
不再说愁的年龄
却有闲愁，撑破夜，漫过矮篱笆。

春风又在西行。未曾到达的
草原，等待铺开绿茵，赶场的牧民
就要到来，清点羊数，支起包房。
我不会因为不舍，
以雨，或桃花，绊住追风的脚步。

寂寞的日子，需要不断地奔跑，
治愈日子里的寂寞。
四月，牡丹添香，宜临窗捧读，

假想一个臂弯，轻靠，闭目。

看远行的人归来，还是去时的模样。

再往东

再往东，将比想象
更快地走出深陷的沼泽地
到达就近的小酒馆，
吃上一口热饭。

闪亮的星子坠落
穿行的城市，
幸存者
接连从黑夜的余震中爬出。

街道早于黎明醒来。
拾荒者，攥紧
手里的蛇皮袋。薄凉的风
吹进他风湿的骨缝。

再往东，翻过菜市口
与密集环生的
街头证词。车与人
争不同之流，密不透风。

再往东，楼群吞吐

人群。塔吊挥舞着泡沫
之夏。小心，亲爱的。
前面是加油站，高速入口。

再往东。低于天空的
村庄和麦地。低于镰刀的
五月。有神灵指路
我忍不住，喊出你的名字。

一切美好的都在

我喜欢暮色多一些。没有日光灯
无谓的白。也没有矿井下
心怀不善的黑。
它比一个白天与另一个白天更近。

圆桌上无休止的争端，在此刻
会放下仇视与分歧。
握手言和的人，只喝酒。炮弹
也不会在这个时候
落在平民的餐桌上。晚祷
刚刚结束，母亲
与孩子，在安静的灯光下用餐。

暮色里有埋伏。终是安全的。
导盲犬逃出笼子，一路嗅着
熟悉的味道奔跑。被路途弃在
道边的旅人，接过仇家
递来的毒药。就着
苦衷与月光，喝出母乳的味道。

一切美好的都在。瓜果飘出

暮色一样的饭香。我已准备好
麦子和果品。再晚一些，我会
在歌声里梦见海。有船靠岸，
满载着火红火红的黎明，和太阳。

另一种声音

我的深夜，整个五月，被一些
莫名的声音困扰着。
在城南，听得到城北寺庙里
绕梁的经声，木鱼声。
仿佛在蒲团上打坐的人
是我，手持木槌，念念有词。

入夏的蛙鸣，深夜里的
飙车，是切梦的刀。
搅拌机日夜地轰响。
嗜血者蝇营狗苟地嗡嗡。
蛀虫啃食梁柱。蚯蚓
日夜翻动板结的泥土。
我力求对它们
保持高度的警觉，和友善。

一些声音，我听不见了——
黄昏，母亲高一声低一声唤我。
我躲在墙角的抽泣，和
应答。炊烟爬上傍晚的墙垛。
祖母纺着棉花。

祖父抽着烟锅，与
反刍的老牛，唠着秋收冬藏。

我听不见的，神会听见——
深山里
流水裹着泥沙石、兽骨冲出。
欲望的都市，危楼
不吭不响地倾斜。
恶超过一切
就要推进弹道的，炮弹的叫嚣。

神秘之手

白屋子，黑屋子，在白与黑之间。

公平降临我。亲人，
爱人，孩子，与尘世
爱他们的技艺，接受他们爱的
能力。生旦净末丑，
缩骨功，脱逃法，包容或拒绝，
同流的教养。独一无二的
面容，善恶便于指认。
已知和未知之谜，如网
铺开。保持出生者的新奇之心。

羞耻与屈辱，也降临于我。
又教会我忍受。白发
细纹如期而至。至亲无约
离去。这一捅就破的生活流。
抽刀不断的时间史。我
不是慈悲佛，也
每天打坐，手捧无字
祷文，对死生保持足够的忠诚。

推着向前，向前。像风
推着潮头靠近岸。
日子推着亲人回到土里。
唯一对我的偏心，做生活
品鉴师，遍尝人间的百味——

什么都尝过了
就可以无畏于活着，与爱。

走失的未来

越狱的人走在崖壁上。
岩羊坠崖的一刻，消失在岩石中。

怀雪的云看见了。拐过山头的风看见了。
就近的经幡、玛尼堆也看见了。

转山的、磕长头的未及看见，他们无暇抬头。
你我也没有看见：我们正忙于避开一场即将到来的雪崩。

路上的秘密

也有灯光抵挡不住的寒了。

妇人的睡衣厚了。白金的耳钉闪亮。
怀里不安的阿丑
失去对街头吆喝的好奇。

一支笔丢在步道上，
无人认领。方脸的流浪汉，在墙角铺开被窝，
梦里，他将接过女人的赐福。

车轮下的声音，划过法桐。
一片叶子，如失题的
流星落下，正好遮蔽流浪汉的呓语。

村庄的秋天

黄柿子挂满村庄的秋天，
像节日家家挂出的灯笼。
像坚定而温和的人道主义者。

门前的土路，铺上了水泥
通往村外，与田地。
玉米收了，棉柴与高粱砍了，
新坟旧坟，裸在天底下。

黄土扬尘的日子远了。
脚印，车辙印，牛马蹄印。
新鲜的粪便。晨起拾粪的老人。
半入土的瓦罐，马蹄铁。
暮归的落日，羊群，拖车。

那些年，月光下的干草垛。
瞎子李二的红脸，石碾子。
黄四家的土井，布腰带。
大槐树上的白槐花，刘寡妇。

时间，被水泥凝固。

像走在年前的四爷，"右派"的名分
被六个黑钯钉，钉牢。

我看见死亡大师，又一次恭候在
门外。四奶奶终日
坐在门里。木凳上的光阴
像门外的秋天，越坐越薄了。

纸包着火

灯光金黄，像四月天拢着冰凉的炭炉。
她手举冻伤和一张百元假钞，在风里哭。

执手的白头人，站下来又走过去。
裹在棉衣里的乞丐，转在她身前
向她撇嘴。转到她身后，向她挥动拳头。

男人乐道风趣的段子，顺带
谈谈报上的新闻，电视里的丑闻。
女人各自说着养生经，护身术，
眼睛盯紧嬉闹的孩子。新燕的嗓子，
喊唱"排排坐，分果果，你一个，我一个"。

月光从天降下，滔滔汤汤，
如纸包着火。如泥石流夺谷而出。

她举着一张百元假钞在风里哭。
高过人间，高过一个村妇的
在今晚，一条罪证，久悬未判。

痛楚不会说谎

那些站在高处的，神秘而骄傲，
像司掌人间的神，
手握风雨雷电，苍生与庄稼的活路。

我也在我的高处，
拔腿奔跑的脚步始终向上。

我的目光，一再向下。
小院一角，春风拂过折耳猫身下
的腐叶，腐叶之上艳若桃花的腿伤。

每天，太阳照常升起。
我照常端出火腿和牛奶。不忘向它念叨——

庆幸吧，至少这儿没有落向
无辜的炮弹。
"世界充满假象，唯有痛楚不会说谎"。

是的，我看见，
新鲜的战栗与疼痛，在赶着日夜发芽。

死于熟悉

死神化身为父亲，引我前行
说着寓言式的隐语——
"今夜它将物归原主。
失去的，或正在失去的。"

一只蚂蚁误入水泥的缝隙。
拉煤车的黑脸汉子埋头走过。
导盲犬牵着英俊少年
斑马线外等待红绿灯的仲裁。

寒潮，大风降温。枝头
的告别，像蝴蝶夫人的诀别。
地上的奔跑，
像无处容身的难民。

我假设在场。风撩起
我的头发，又撩开
我的长裙。这飞来之耻。
我裹紧自己，流着泪跑开。

蚂蚁熟悉这一切技艺。

长于挖洞搬运，远途奔波，
借气味发出信息。
长于饥饿，长于活着。

长于一只蚂蚁，死于熟悉。

落　刀

与刀对峙久了，那些躲在暗处的
不安的目光，也有锋利的刃。
一个眼神，足以杀伐。
再次落刀，见血是必然的。
刀刀逼命也是可能的。

豹子与经书一同现身了，
口吐蜜语，利齿
一点点靠近梦中的喉咙。
敲木鱼的人加速默颂每一片雪花。

可以视为罪证。千年皂角树
举着乌黑的枝干。死亡在死亡之外
再一次暗送蓝色的秋波。

时间，总在不经意的地方留下
旁白。
横竖逃不过落刀的劫数。
当发上的秋深一重，又深一重。

第三辑　主题：疑似致自己

真实未必是真实

就像自己未必是自己

致自己

就是日夜奔跑，也跑不出

自己。谁都跑不出风的追讨。

秋风在去年不知去向。

在夏末就突然出现了

手上的刀子，磨出新痕。

我看见过瞬间走出自己的人，手刃

犹大。麦田深处，追回月亮。

血胞衣诞下兄弟，也诞下仇人。

都是亲人，是病入膏肓的人。

我因此相信，

风比刀子更善于一场大爱。

甲　乙

权且他们这样走来，
甲从北向南，乙从南向北。
只能这样，鱼缸是道具。
他们是仇人，不等擦肩
目眦已裂。因为仇恨
身上的一切均是杀人的利器。
指甲，牙齿，头发。
眼睛，语言，和肉身。
夺人性命不必用刀。
他们厮杀在一起。
指甲陷入肉里。
毒舌如剑。蹂躏如铁蹄。
宁可两败。宁为玉碎。
他们杀，衣服一件件挑落，
身体一寸寸嵌入。
不分杀戮，还是拥抱，
哭泣，还是狂欢。
直到彼此穿透对方，走去。
是的，鱼缸是南北向的
换成道路，也是一样。
他们相向走来，又背道而去。

傍　晚

对面楼上，或许一层，

或许二层。铁定不是三层、四层

因为没有一个窗口亮着灯。

五层，六层也有可能。

电视的声音很大。或许

是一个战争片。或灾难片。

女人尖叫，像被性侵，家暴。

又像前一秒刚刚失去亲人。

一道黑色闪电飞过冬青带。

还会有一道白色的。

是两只猫被无意的脚步惊扰到了。

婴儿的啼哭，冲破钢琴的，

笛子的，落叶的，霜冻的，

管制的，各种叫出叫不出的

杂音，多么清脆。

我在煲汤，等一个归来的人。

心血来潮时，拿起小勺

在碗碟的边沿，敲出一场

急雨：那雨点骤得杂乱，而无章。

读心术

世间的人心我不读。隔一层衣，
隔一重山。难免迷路，与自己走散。
将一块石头认作偶然遇见的人，
读它是谁，从哪来，此见是劫是缘
读得日月黯淡，河水暴涨。
以解良人之心读石，沉浸，深入
腹地。预言与定数，崖壁上
石刻的孤独与翅膀，在石心里
一一映现。石心不欺。补天的石，
做了天上的眼睛，头顶的神灵。
古老的化石，藏玉，藏爱，
藏奔腾与静止。冈仁山下，每块
灵石，都可拿来求卦问雨。
我读石，向它问无，问未知。
石读我，以麦子的虔诚，
交出所有的春色，回应整个春天。

抄心经

一笔一画，一天一天，凡心
已能诵经了，朗朗有声。
抄到"度一切苦厄"，草木发出新芽。
抄到"舍离子"，林子间雏鸟纷纷降生。
到"究竟涅槃"落在纸上，跑出
深山的幼兽，已长出强者的利齿。
一撇一捺一小径。春风里，
轻提裙裾，轻抬脚步。
小心赶路的蝼蚁。将青石上的蚯蚓
送回土里。查一查日历，
赶在谷雨前修剪好枣树、柿树
葡萄架，大叶李，麻雀们已来做客。
过教堂与寺庙，拜一拜为信仰
俯地低头的人。过街角，对乞讨者
笑脸如花，手伸出时心怀敬畏。
"般若波罗蜜多，般若波罗蜜多"
真草贴，瘦金体。白纸上，
朝圣的黑字步态渐稳。
我怀抱利剑，亦有放不下的刀
紧随其后，走一步挥一下，
在疼痛涌起时，爱世界和你多一些。

宽　解

意义在于解构与反转。如将宽解
放在一个春夜里。则如宽衣。
镜子内外，鸿雁北归，物我迎风
起身。你负阴抱阳，寂静如镜中人。
宽解镜面上的冻伤与残冬。驼色
风衣宽解隔夜的风。第一颗纽扣
解开，大雪没膝，毫不迟疑。
第二颗迟些，春风一夜，翻山
渡水。第三颗，动作慢下来。
像正午的阳光慵懒入窗。开释
古老的预言。或者解破夫人额头
上的魔咒。险象环生的布阵，
神秘溅起潮汐与月光。影子倦软。
自怜或相拥。最好在脱下时，
折叠时间旧有的新伤旧痕。
若燥热持续。尘世与肉身也脱了。
像僧人脱下僧袍和执念。
子时，脱下唯一的自己。睡吧，
梦里脱身时，鸟鸣将早于黎明来访。

修辞术

在你眼睛的神话中，我与它们
浮出时针的疲惫与寂静。细颈瓶里的
牛厥，吞服蓝药片。圣殿左边的
芦苇，钩住半轮落日。胸口，
二〇二页，阿米亥。灵魂缠绕的肉体
像报纸缠绕篱笆。风，从远处来
漫过溪畔的楼头与竹林。灯光之外，
万物之父，经由隐喻，赎回
自由。向西走的人，眼含热泪。
向北走的人，默念北斗。一路向东
怀揣烈火与一条河流的雨讯。
夜色，墓园一样安宁。
游戏者的规则和主义，成为
自缚的缰绳。被缚者，宽恕了鹰
和钉子，躺下来。自残的红狐
躲回山中。夜幕中，石刻的
翎羽翻过山岭。群星之下，正是子时。

恩仇记

我养大的仇家，下山了。
他是个哑巴，擅易容，身怀绝技。
白天着公子衫，佩长剑，执魔笛，出入上流，
夜晚，夜行书生，隐身衣，包头蒙面，
背上一把夺魂剑，杀人于无形，于月黑风高。
我逢人告知，我养大的仇家猛于虎
见者，格杀勿论。
闻者不戒。手无缚鸡之力的女人
养鸡养鸭，养花养娃，罢了，
养魔养鬼，以狂傲，以蛇蝎之毒
必要时，以身饲他贪婪，目无是非恩仇。
我承认，养虎为患，一开始心存畏忌
不敢自慢，口不粗言，身不放逸。
为囚他，养在身体里，养在镜子里。
他打碎镜子，也打碎我，隐于人群。
他依恋我喂养和爱，这是他唯一的软肋。
我是他最后的复仇者，血，还将浇灌他的快意。
夜，月黑风高，我与他立于旷野，
他拔剑。我攥着一把汗的手，亦握紧利刃。

浮生记

红处方，开出冷笑话：男，三十六岁，怀孕，二十一周。

建议高龄产妇，多卧床，少走动，一旦见红，及时就医。

井底之蛙，嘲笑鹰的天空。夏虫是帮腔的局外人。

冬天尚远，雪山与等身头，在另一个世界。

与之有关的，只能是井水井口，咬人的井绳，绳短即怨的井深。

池塘北岸，失控的大奔，冲出浅水湾，上岸，

撞断三棵树，冲入三角坑，躲过三个吓傻的娃，再次上岸，

转眼戏剧性折回原地，两个前轮，与水面似挨不挨。

"时间深去，时光尚浅，西行路远，妖孽惦记，虎狼出没"

卡在崖缝里的取经人，一再念动护身的咒语。

魔术师

灯光调暗，他将燕尾服中的自己变成一片纸人，
做苦力的手指，幻想中，弹响大舞曲
雪片如羽如毛，纷纷扬扬，落入蓝色多瑙河。
海，在远处匍伏。桑地亚哥走出家门。
西西弗推着巨石。山又在长高。
维苏威喷发，火山灰落向梦中的庞贝。
白长衫，夜长安，醉酒的人拔出佩剑。
悲伤之城，休战的特洛伊，掩埋死去的士兵。
鲍勃·迪伦，边走边唱，
答案在风中飘，像一块滚石。骤雨降下，
灯亮。纸片人变回光鲜的魔术师。
台下欢呼。他优雅地谢幕，转身，消失在门外。
下一刻，他是他自己。他是所有人。
不动声色的生活，会将他变成什么？

失眠记

月光铺满双人床。铺满冈仁波齐。

我在右边，结实的情人在左边。他辗转难眠

辗转不眠。这独钟于我的夜色啊。

窗外，我是被绑架的倾听者，

害着热伤风。所有敲窗的星子

说着同一句话。所有偶遇的露珠

撒落明亮的心事。我咳嗽，咳出

淋漓的汗。夜色捂紧我的嘴巴。

说，你听，远处有未眠的经声，

多么像好的年景，粮食颗粒归仓

牛马结伴降生。母亲日夜跪在神龛前

双手合十。猛然记起母亲有个心愿

没了：去城北寺院，点一炷香，

磕一个头，颂两声佛。回来时，经过

她住过的医院，不要难过。

经梁国公墓，不说话，脚步放轻。

经幸福菜市，挡马老人的菜能多买

就多买一些。回家，替她好好生活。

亲爱的，没有利刃不嗜血，

没有伤口，不流着桃花般的疼。

入夜，求偶的蛙鸣扑向水里

牛粪煨出梅巴香。我哼起在那东山顶上。

取水经

这个夏天，水到来。世上所有主义的花朵
都绽开了，包括水患之花。
弯腰取水的母亲，水
取走了她早晨的明天和经筒。
冰川来了。举着震旦纪的祭旗。
街道上，解体的帆船与鱼群飞身跃起。
鲜艳的死亡，惹上词语的官司。
围堵截，观隔岸的火，比出膛的子弹
更盲目。纸上的数据，失去隐喻与象征
比摩崖石刻更易于漫漶。
雨季到来前，堤岸与石头
是饥饿的人，穷怕的人。
因势因地，因一张快递中的打折票
还原盐粒中结晶的雪与火。
像黑暗的记忆中，你还原握刀的我为温顺的女人。

捉妖记

我身体里有妖。她捏着我所有

的秘密，清楚我身体里

所有的隐疾，我看不见的疼，

隐藏很深的未曾刃血的罪。

她会使阳谋，更会使阴谋。

说出的话，真和假要费心掂量。

我穷尽一生认不清一个人，是她。

寄生在我身上，还要与我为敌。

困惑啊，吃为养她的身，

穿用昂贵为打扮她人前的样子，

读书写作，养她贵族的心灵。

她非但不解，动辄游击，拉锯，

山中水上，以病，以疼，使尽损招，

伤我于无形，于进退维谷。

我养下自己的对头，判官，谋杀者。

现在，我交出捉到她的唯一办法。

视洁白高于生的银鼠

诱捕她，只需找她出入的洞口，

一端糊上泥巴，守死另一端。

她会乖乖出来。嘘，只能说到这。

据说，两个洞口不曾有人同时找到。

过梁山

车过梁山，生出落草之心。
投名状若免了俺就上山。
江湖之大，聚义厅上只有同命者。
抱拳拱手，歃血而拜，
我喊你"哥哥"，你喊我"兄弟"。
真好，喝酒吃肉，过招过命，
刀斧之上，舔血安眠，
两肋瘦弱，也为你插刀。
素面朝天，布履白衫，从此
做个有情有义的浪子，
常擦英雄戟，常磨日月刀。
当山河重不过一滴泪，
一样好，清风明月
为义而来，为情而去，天地不欠。

宿命贴

将双人床设计无限大
烧起余光中的战火，或者
上演老舍的《茶馆》
一锅老汤、一壶酽茶，都卖力些
尽情铺陈双边或多边关系
伪装者遇见潜伏者
或者，苦情的人唱苏三
义愤的人唱窦娥，各有自己的戏唱
也可以嬉皮些，听一个抓药的段子
反正中药铺子不打烊
可以点名要白鸡、父子，和仨人
看迷糊掌柜赔上自己，笑出眼泪
上帝将冬天和大雪给我们
务必忍住念：春风十里，不如你

赠养记

梦中获赠黔之驴，为此写下
高于冬天的企划——
以大数据取代草秸，佐以
经书明月，石头与青铜。
杜绝传统喂养。不利于反刍的，
铁腥味浓的，统统扔掉。
养它鹰派一样的硬朗，骨头硬，
口气也要硬。必要时
教它精通三十六计，七十二般
变化，忍术，搏击术，遁甲穿壬术。
当腹黑者扒开它技穷的丑，
嘲笑它经验主义的蹄子，踢。
当虎辈近前黠荡贴身冒犯，踢。
嗜血者，就要以血还血。
害命者，以命抵命。
至少，当斧头劈开面门，
有冤魂迅速飞出
死死攥住娴熟于举斧的手。

众生相

坐禅谷的猫与别处不同，
像参透了生死。你望它，不惊
不惧，温润注视，似禅如佛。
想起什刹海的猫，黄昏中
高卧屋脊上，十足的京范儿，
我猜它，开口准带京腔。
没有鱼肉惯着，酥软的
怀抱宠着，乡下的猫，本分
诚实，捕捉到老鼠
才敢跟主人献媚讨赏。
城市的猫半是弃儿，似落魄
女子。望一眼，就跟你走。
赶它离开，准频频回头。
前天，我喂两只猫火腿，
昨天，就有五只猫等在了门外。

骑　墙

为赶考的书生设计一场骑墙的桥段
横竖都有戏看啊
墙内，美人斜立于春纬后面，频频凝望
墙外车马喧嚷，卖浆者，沽酒者
旗亭酒肆，风月无边
要去的地方，大道几重，阳关几叠
尽头方是功成名就的诱惑，几多险，几多未知
走，你是谁？不走，谁是你？
骑墙，有必要抱定骑士的信仰和骄傲
倒向墙外是江山，倒向墙内有美人
二者不可同时揽入怀中
除非，推倒这堵可恶的墙。但那时
他发现，骑墙堪比骑虎。更没那么容易下来。

镜　像

每天都有人生，有人死，死生

如昼夜来去。迎新日

宣纸铺开道场，你念悲，他念喜。

我照镜子，看另一个我现身。

她学我笑，学我混搭春装甩起头发。

我说"我爱"，她说"我爱"。

我说"我心底有伤"，她说"我心底有伤"。

恼她学舌，伸手去锁她的喉咙。

她已早于我伸出手，五指如钉。

我先自屈服，向她示弱。

我说"抱抱"，她说"抱抱"。

怀抱同时张开，同样抱到空境之空。

我流出眼泪，她陪着流泪。

不自怜，想要怜她。我打碎镜子，

想拥抱另一个身体。却迷失

在千百个自己里。而这迷境，更像迷途。

神　谕

挡马老人的葬礼，乌鸦
落满饥饿的墓地。黑色的
叫声，高过结籽的秋草
倒地的残碑，与孝子的哭声。
白皮的棺木，是一粒
喝饱水的种子，火的隐喻
灰的象征，落入土里。
黑精灵的狂欢，盛于开场
这伪装者布下的幌子。
你若想到死亡，便会相信
眼前枯死半边的桦树叶
就是易过妆容的死神。
你抹一下眼睛，他又已是
另一个样子，盯紧已盯上的人。

春风将暖

冬装脱去一层，春风就暖上十里。

美好的事物总是让人沉迷。

梅花落了，被风爱到的落在水上。

被水爱上的，乘上河灯离去。

小院的海棠，代替消失的冬天与雪，生出芽苞。

阳台上，返青的文竹，

细瘦的胳膊，向着阳光抒情地伸展。

这美丽的，把自己交给春光，同时忍住燃烧。

我要学她，如此容易满足，

把唇贴紧一朵海棠，就以为已亲吻了整个春天。

春风有形

我们走在春风里。你在右，
我在左，让捎带花事与候鸟归期的春天
走在中间。万物密集地萌芽。
我在身体里按住了什么？你若是男子，
就是我的爱人。是女子，就是我的
妹妹。若是一场风暴，我就是你的归人。
怀乡之痛无论多深都放下吧。
父亲的村庄母亲的年，别来无恙。
门前的官塘干了，冰上的童年无恙。
槐树下的人场散了，老面孔无恙。
老三碗换成四大件，老味道无恙。
你看，连鸡鸭的步态还是依旧的安详。
日子比衣服更容易旧下来。
我比你更容易面目苍老，脚步迟缓。
当冰凌化尽，流水涣涣又一年。亲爱的，
我的春风有形，剪出万千花瓣
和自己。来自于故乡的，我将如数归还。

悬　崖

这个午后，你若非要我

找到一个词，定义它

某一个在场。我用陡峭。

云深处，一段悬崖

折叠着另一段悬崖。雨

落在雨外。水声

深入风声。我合起玫瑰

花伞，看蝴蝶在露台

出演蝶恋花。翅膀扇动

死去的文竹，就活了过来。

也看子弹，在黑暗之城

密集扫射。跑在子弹

前面的，有时候是罪人。

有时候，是孩子。爱

降临。在第六节，C 大调。

致爱丽丝，致反转的

错误。天上水冲下

虎口。似月光流经草地。

黄昏到来。一个女人

现身街道拐角。我一眼

认出她，爱说活明白了。

半年前在镜子中走失。

这个午后，终于追上自己。

高铁上

我不能确定，这异乡土地上的村庄
不是我的村庄。天光如一面镜子，照亮了
入冬的尘世。水边，一晃而过的
老人放养着冬天与羊群，放养着麦地，
和水汪汪的稻茬田。
黄牛在低头饮水。这一切
我叫不出它们的名字。就像此刻
与我同车的人，我叫不出。
一个光鲜的女人哭着。高速叙述着
她失败的婚姻。我叫不出。
多么相似。像我与我的故乡和亲人，
在异地巧遇，又即刻分别。你看
那麦地里的坟头，新坟挨着旧坟，也多么相似。

辞春书

每天，我都到院子里去，有风的日子
会多去几次。我想从凋零开始
跟眼前这个大步退隐的春天
作一场郑重的告别。
补偿我错过与母亲的最后的辞行。

每一瓣落地的花，我悉数捡拾。
不用扫帚。扫帚是浊物。
不葬于水。弱水难说不是杀伐的凶器。
不葬于土。传说中的息壤，也只会
加速事物与美的腐朽，算不得最好归宿。

桃花三千二百瓣。梨花九百
八十一瓣。樱桃一千零五瓣。海棠
一百二十瓣。石榴八百三十八瓣。
牡丹九十九瓣。月季六百一十
二瓣。蒲公英三十三朵。

我擦去每瓣花上的风痕雨渍，
像做蝴蝶标本，插针，展翅整姿

分门别类，夹进书页。我耐下心

与她们一起，等待种子或果实

那时我会放出她们，去与枝头的亲人一一相认。

独　唱

从跌至低处的心灵开始。
瞬间到来的
窸窣有声的语言
手捧月光，涌进房间。

透明的暗香，双栖鸟
掀起清澈的波涛。
潮音无限
逼近。退复，吟猱
平沙之上，落雁
若来无来，若往无往。

一个人的夜。一个人
独唱。抱紧些——
藏身夜色的影子
和生活，
它们都有着新鲜的身体。

干戈，或酒令

我已放下了干戈，从梦里抽身。
红嘴鸟叫来零下的黎明。未知的一天
在靠近。哦，来了。

在铁羽毛和晨祷之间。我轻描素颜。
眼角流过干净的山水。唇上与台镜
说着昨夜的西风，幽深的暮色。

冷与霾是最好不过的借口。
最好大雪封门。拨旺炉火，围炉而坐。
最好有烈酒。最好行酒令——

说征尘与马嘶的，罚。说刀光
与杀气的，罚。说主义与面具的
晨与昏来与去兴与亡酒与色的，罚。

允许说大风和麦子，允许怀念
麦地里新故的亲人。
一张书桌藏下石头。石头藏下偈语。

也可以说结实的骨头，说新识的

情人。说敖德萨的少年
失去听力，就看见了声音。

待曲终人散，各自洗去手上的罪。
摘下痴人的假面。由得彩面
小丑，在别处重新上演盛世的哑剧。

雪和一场雪的阴影

一场雪，落进我八岁风薄的身体。
感冒。高烧。肺炎。哮喘。
打针。吃药。停课。怕冷。怕风。
胆怯。恐惧。一同构成我的阴影。

每次被雪拧紧脖子，喘不出气，
我都要问母亲：我要死了吗？

母亲在我二十二岁寻到一个偏方——
四斤全黄母鸡一只。竹刀一把。
绵线一条。铁盆一个。姜四两。
红糖四两。沙子四斤。麦秸四斤。
木柴四根。黄母鸡褪毛洗净。
竹刀剖膛。内脏取出。洗净。
忌放盐。姜糖置入。绵线缝合。
放入铁盆。忌放水。用面皮密封。
用麦秸烧滚地锅内沙子。
铁盆埋进去。用木柴追加大火。
木柴燃尽。一夜，沸沙焙着。
一只一疗程。可当饭。可零食。
我的母亲用操碎的心，熬红的眼，

半年时间，四个疗程
逼出我身体里十六年的怕和痛。

如今，一场雪又落进我中年的身体。
我的母亲没了。谁能代替她
逼出我灵魂深处一场雪和它的阴影？

日　子

日子开始结冰。葡萄架上，蓝色的冷
像鞭子悬垂。神秘的空白多起来。
我听见白马祷告，穿过收紧的缰绳。

意外的跫音落在午后的书页里。
我期待着字块是安静的。继续发呆
音节上明亮的寂寞，按在杯底。
珠帘后面。或阿赫玛托娃的命运中。

寺庙在别处。藏獒嘎朵躲开枪弹。
策兰躲过追捕。我起身，离开电脑。
路过鱼缸，撒几粒食。走出阳台
看日光绕过枯枝，抚摸发抖的鸟鸣。

我坦白，我爱着。我爱每一天
都是奢侈的。洒扫。吃饭。读书。
接远方的电话。采回干净的芦苇。
裙边折叠出岁月安好的样子。

对土地，我有朝圣之心。她收留
我的母亲。宽恕我的仇恨。身边，

日益扩张的废墟。我递上我的《悔罪书》。

我是你的日子。我是我的日子。
我是黑暗的日子。我是时间的日子。
我在这一切日子里，完成我自己。

我开始喜欢这样的日子

别抱怨我脚步迟缓。送信的人
会告诉你
我每一天的行程。
时间正直地老去。我优雅地抵达。

秋风做好了收留和收买的
准备。凋谢与死亡
每天走近一步。果子
悄然转红。结局慢慢打开。

火焰清洗过的中年之身
寂静下来。夜晚不再有噩梦。
回忆也不再颤抖。步子慢
下来，会更小心脚下的生灵。

开始喜欢灵魂多一些。
这虚无又甘苦同修的另一个我。
终于低进尘埃里。
仰一仰头，便可看树叶落下，
乞丐走过头顶的天空。

亲爱的，你要允许我
眼睛噙着泉水。
允许我在口袋里，装着口红
也藏有利器。直至见到你
仍保持头狼的警觉，豹子的迅捷。

情　人

我把大地视为永久而深爱的
情人。我将在最后一刻
爱上他
以烈火的模样，以身相许。

在这之前，我慢慢走我的路。
用足百年的每一个
日子，为奔向他，
以时光塑我百变的形貌。

从任性高冷的短发，到谦卑
而虔诚的梨花烫。
一年年，我顶着麦子生长，赶路。

古老而金黄的泥土，粮食
与罂粟，一年一熟。
红河水日夜起伏。
我是我的风暴，也是水手。

我有隐秘的诱惑。崖壁
有奇树，筑巢，养鹰。

神的鹰，口衔神谕。
他将主持我最后的婚礼。

不急啊，我刚走过穿亚麻裙
戴孔雀珰的中午。日子
偶尔寂寞。我偶尔听它
叮当作响，应答远处爱的呼唤。

客　人

雨来得勤了，多于我笔下的
文字。风也是，开始
带刀了。傍晚会到院子
里去，看柿子红了没有。
麻雀已等不及，每天都来。

从眉心向内看，身体里
空出许多角落。书房添置
一套茶桌，藤编的。
喜欢这留有手劲和性情的
功夫。阳台上也有一套。
铺素色桌旗，散落着书和绿萝。

拿出毛裙与风衣，晒一晒
搭一搭。不想添置新的，
故衣更像故人。像客人
都是亲人。你若来
宴席会更丰盛些。我会
唱歌，打开锈迹斑斑的喉咙。

零点，父亲打来电话：

"要爱惜自己，有个好身体
就是要饭，也能多跑几个门。"
这担忧像来自天国的母亲
早于夜雨，也早于这个冬天。

找到那个有记号的人

送信的人骑白虎，送我燕然笔。
信手写下"十七个"，想起
某一个早晨写下"德兰达"。
远处的楼头，雾中结成猜不破的灰谜团。

"信文写在沙滩上了，涨潮之前
务必读完，牢记"。
又是这样
沙滩在哪里？早潮还是晚潮？

波浪在肚腹起伏。声音渐起
鸟羽蓝。还不能哭，结论
未必是定论。有必要清醒些
保持微笑，备足泪水和月光。

当一些事物指代不明。去找到
那个有记号的人。她身披
星群和朝阳，赤裸着
饱满的乳房，刻下末日的告示。

我是我的别人

我拖着别人的身体，说着别人
的话，怀揣别人的心事，走在
别人的路上。穿人字拖
走过五点钟的早市，七点钟
的医院。在早市上摆满
病蔬菜，病瓜果。医院里
吆喝着要肾吗？要肝吗？
在步道丢下熟女卡。墙上
写下"拆"。哦，亲爱的，不行
还不行。火车晚点，落日
也在今天晚点。转过望角街
望角塔隐进黄昏，躺椅上
数经过的女人，名贵的狗。
路灯下，扯脸的假动作骗过
所有的人。我是我的
别人，树上的男爵，柯希莫。
与地上来的官员，谈论
床上的哲学。也旁观我的虚弱
与抵抗。像冷漠的海旁观
一个父亲的悲伤。一场
文字案的轻喜剧，正热得发烫。

风　筝

无端想起什刹海。梦里
似托钵的小僧尼，
托着月，问一个背影
你有夜空吗，我有风筝？

云块飞不过村庄时
会挂树上，绕在电线上。
不像在圆明园
带着不褪的铅色
随风逝去，随风又来。

脚步在南锣鼓巷
像游园，像群众演员
没有台词，也不
刻意拿捏表情。
剧是正剧，略带轻喜。

夜幕拉开，在空中餐厅
吃心跳面，醉香螺。
抬头看，什刹海
浮出灯影，恍若夜西塘。

石皮弄巷，进去是唐，
出来是宋。我若喊
"官人，前面有店。"
你准应——
"好，今晚就在此下榻。"

练瑜伽遇见一块石头

因为要练瑜伽，我开始频繁地
遇见一块石头。每次走过它
都想停下来，坐一坐。

它其貌不扬，甚至丑陋，像贾平凹
笔下的丑石。像对一个
不开口的恋人，我想捂热他。

铺得太满了。这天下午的晚霞。
早霞也一样。绵软，缜密。
我想到那些讲不出的心事。

我相信，所有不开口的内心
都藏着不朽的爱。
用钢钎与锤子，是不会得到的。

痛苦都会有。如同刀斧
枪械，我与一块石头的对视。
那样的目光，我称它冷兵器。

还是想知道它的来历，好多些

准确的判断。而我

无法让一块石头开口，或点头。

一只狗已习惯于在它身上撒尿。

我看见了，很远时就将它轰开。

我知道，我看不见的时候，

它还会那样，搭起腿

肆无忌惮。曾经

试着把它搬进草里，力气不够。

那一天，我在上面完成瑜伽的

几个拉伸动作。我想哭，

与一块石头相比，我的痛苦是多么柔软。

还是想说说石头

当风削平山头，在尘世造出鬼城。
什么都是可以倾斜的了。
芦苇的白头等待收割。
窝藏的真相等待举证。
这世界，原本已没有隐喻可言。

好人做久了，有必要坏一次。
比如卡住风的脖子，逼它承认
包庇的罪与恶。立场的摇摆，
人设的崩坏，它休想脱掉干系。

是呀，到现在仍没说到石头。
这有什么？说出的未必是说出的，
未说出的，未必没有说出。
山头在变矮，鬼城在出现
你看见风动刀子了吗？掩藏
很深，死亡并不解决这样的问题。

想说说石头，未必说出石头。
但有必要比风更有手段。
撬开所有锈蚀的嘴巴。
让石化的心认罪，或哭出声音。

预报有雪

听到哲蚌寺的钟声了，和着
石碎水裂的轰响。红山与
田野等待恩典。阳光盛大。
预报让预报沦为郑重地说谎。

风跪在一块墓碑前，
忏悔昨天的亵渎之恶。
你相信吗，跪下来就是谢罪？

眼前无字的经书一页页
翻开。读吧，在空里读有限
和无限，读永远写不出来的
那些部分。该来的
以应该的模样来了。离开
在早晨，带走所有该带走的。

山还在原处，正如你
以史前无解的迷面，等待
说出谜底的那个人。
我已得到暗示。唯一
的条件，失去说出的资格。

局外之外

我在第一棵树右边。第一棵树在我
左边。我蹲下身系紧松开的鞋带。
树蹲下身拾起我的喘息。
玫瑰红斜射而来，我与一棵树
被盛在一杯红酒里。葡萄

美酒。这镀金时代镀金的富贵病。
过第二棵树。开始说一件事。
轮椅上的霍金，戴瓜皮帽，在路口
看车流飞过十字街，如未知的天体。
另一个路口，铲雪车

铲起红雪泥。推倒的墙。事件
说了一半。第三棵树。夜色
悄悄地漫上来。而事件还只发生
到一半。未曾命名。流浪的诗人，
桥洞未曾命名他的流浪。他写在

水面上的手稿。水面丢了。手稿在
墨水里。诗人的舌头像头莙韭菜，

割去了长出来。再割去，再长。

讲述第四棵树。传说有异果，

被引诱吃下的人，将看清上帝所有的底牌。

你我只预报谎言

说好有雪，如一场不至的约期。
新日重启。幸存的词
足够完成早晨的七种叙述。
一只叫不出名字的鸟，翻过
倒伏的薄光，翻过枝头
盯紧一辆运钞车，在低飞。
拎早点的老人拎着驼背的
迷失，在七点钟的斑马线上。
我走过去，扶他翻过马路。
其实，我没有动。风足够冷。
外卖哥缩紧脖子，像躲避
风随时会落下的刀子。
湖面扩张着冬天的寂静。一些
指代不明的事物浮出水面，
渐渐明朗。远方，大雪起身
赶路。像那个人走在
如约的路上。唱吧——
流水线上的铆钉，和面包。
山门前，虔诚的香客，
开始磕这一天里第一个等身头。

经由雪的隐喻

好，你继续。我，开始。
晨祷。经由雪的隐喻，在谎言与事实之间
设定一次有效反转。
红酒写进高脚杯。高脚杯沉睡久了。
今天开始，练习饮酒。
经由雪的隐喻，找到预设在布袋里的金针，
一切都是金色的，嫁衣与我的讲述。
军马的沉睡也久了。抱紧太阳的飞翔。
白于雪的炊烟与麦地。
这些年，身体里一些疼，一些词。
还有一些羞于说出的红与黑，
也沉睡得久了。
酒，的确可以视为一种
催化反转的媒介。而我，拒绝它也太久了。

一月四日，大雪

你我只预报谎言。谎言在午夜
解构成雪。万物披上雪袍，
善恶也有了相同的面目，
像兄弟，围坐在尘世的炉火前。

我在扫地。累到想哭的时候，
爱拿起扫帚，从居室
或客厅，慢慢扫，像熨烫
最爱的衣服，画重要约会的妆。

电视上放《功夫瑜伽》，我扫
冰山上的窥视，想起小说
《羊窝里的狼祸》。扫鱼缸
两条银鱼七秒钟时的别绪。
赋形的观音，滴着春天的绿意。
儿子弹琴，弹《花房姑娘》。
我扫到起居室，与左心室。

右心室临时起意。地板上
坐下来，擦我的马头琴盒。
哼起《鸿雁》，为琴弦打蜡。

草芽钻出地板，牛羊
低头吃草。我闭起眼睛
听长调飞出牧归的马背。

我的书房在马背上。比尘世
还富足。无数神灵端坐
在侧。他们沉默。像远方的
父亲沉默在雪天里。母亲
沉默在麦地里。我的兄弟
姐妹，走动在自己的一月四日。

遇　见

傍晚遇见今年冬天的第二场雪。

被绑架去赴一场闲聚，

遇见第二个句子——

"只有悖论可以解释悖论，楼盘解释消失"。

遇见第一个句子，是几天前，

车过高架桥，看墓园上空，

高铁高速掠过。它出现，

像惊飞的鸟群——

"墓园不证明死亡，像《暂住证》不证明活着"。

就在昨晚的梦里，我看到鸟巢

盛满大雪，空着之空，完好。

我穿着花棉袄在童年的雪地里跳皮筋，

第三个句子和母亲，迟迟没有出现。

布　局

我在纸上布局几个字的命运。
黑字走在白纸上，
逢山开道，遇水搭桥。
相干的或不相干的，日夜
兼程。赶往另一个
城市的流浪汉。
向着故乡的你我的亲人。
江湖无边。遇见是戏。
擦枪走火的，一个
挂在树上，一个扬长而去。
鼠辈们在愉快地打洞。
寂寞者饮下满杯夜色，与
失眠。疼痛对人是好的。
女人眼含春风，怀揣
发芽的春天，流水的疼痛。
转冈仁波齐的行脚僧，做了
雪花，留在山左，留在山右。
每一条路都通往结局。有幸
打开的人，流下眼泪。
爱，是少数人的事。
有人吞下石头，徘徊在路口。

"观自在菩萨行深般若波罗蜜"，

这拗口的泛黄的经文。

走在纸上的，开始念经。

我继续布局，并被布入局中。

在乡下过年

年味又浓了，剁肉，劈柴，

刀斧的声音比掠过脖颈悦耳多了。

不被管制的村庄鞭炮响了一夜。

这些泥腥味很浓的人。

年初一，第一个头磕给地下的亲人，

第二个头磕给健在的老人。

膝盖仍软得站不起来，顺便磕给

一间老屋子，那里住过一对"右派"夫妇。

磕给一处老院子，正厅供着观音。

乡下还是值得托付的啊。

旧相识的灰喜鹊，拖着春风里的长尾，

去年两只，今年三只，

每天早于六点钟敲响窗子。

我把黎明托付给了它们。

大雪托付给屋顶，麦子托付给泥土。

就像这些年，我们把母亲托付给麦地。

假　象

我在阳台上看梅花，溪头的梅花
在二月里看我。看梅花的我已不是梅花看到的我。
我看到的梅花也已不是看我的梅花。

二月转瞬零落。泰山石上
一对惆怅的眼睛，像小小的神，现身。

这个早晨，我是一朵梅花的假象。

以假象存在的，就不必辨析，求证。
像此刻的梅花与我，像这个二月——
春天有他的脾性。这时候，我质疑，我已流泪。

真相无相

你走近一点，或站远一点，梅花还是落了。
不是风。暮雪落得婆娑，风穿不过去。

雨也自辩无辜。随风潜入昨夜
不到惊蛰，就没带上雷声。

我耸一耸肩，也只是唱了首歌，
书里的黄昏就提前到了。

就像那年，我经过一个坡头，一只乌鸦
"啊"地飞过，远处伐山的人应声坠崖。

那时，我确定专注于扑蝶。
两只时，在一朵虞美人的左边。

一只时，在我必经的浮桥上。
借风旋转。最后的舞蹈疑似送行，或挽留。

一个人的朝圣

香火旺的地方就不去了，不差我
一个头一炷香。信众多的欢场
也不去，不差我凑上的热闹。

还没有足够的虔诚，削去这一肩波浪，
皈依你。这样便好，天大地大，
哪儿都是我低头朝圣的道场。

我朝圣所有不被朝圣的。
夭折在冬天尽头的幼兽、铁树。
流水送上岸的鞋子、鱼骨。
黑夜抱紧的哭声。死刑少年，
刑前张大眼睛拼命咽回去的眼泪。

那些存在还没有被看到的。
黄土深处的马嘶、喊杀。
江心里的沉石。
悬崖上，我指给你看而我并未
看见，一只鹰反复地向崖下俯冲。

世界充满变数。我的朝圣不生

不灭不常不断不一不异不来不去。

直到某一天，我俯视刀子

和仇人握刀的手，胸中雷声隐隐响起。

有一瞬间我听着沉默

五点的风过窗，发出示众的啸叫。
他手里攥着什么，我不知道。
有一瞬间，我听着啸叫里的沉默。

电视里的动作片，动作很大，
走石飞沙。尺度也大，天地相拥，
昼夜滚在一起，楼台失于霾中。
整个世界缩小到一张床单上。
有人起身，抻开精绣细织的麻布。

冰雹落进五点二十分。风，
拔起行道树，攥紧恐惧和尖叫。
无畏的，使所有的存在敞开，
在场，失去羊水里的安全。

黄昏提前来临。乳房丢失在医院
女人，拐过药店墙角，
抱紧残缺的自己蹲下来哭。
轮椅上的老者挥开扶他的儿孙，
想要从命运中站起来。

动作片接近尾声。死囚愤怒地
向死神吐痰、谩骂。他可以，
词语是自由的。他还可以在最后
一刻，向爱大声说"是"，或者"好"。

有比火焰更热烈的爱，就有比凋零
更惆怅的心。这一瞬间，我打开
鱼缸丢进饵食，看两条银鱼
幸福地进餐。窗外，我猜得出，
此时地砖上的石榴花瓣最是沉默的红。

立字为据

如果可以有不认的账，我不认中年的账，
中年以后的账也——不认。
这不妨碍我接纳这不容抗拒的到来。

没有接不住的飞来之物了。
眼周细纹，黑发里的白。刀子，
离别，瞬间来到眼前的横祸、挫败。

早上买菜过城中村，听说老石匠
女儿失联了。傍晚散步刻意经过那里，
这位父亲低着头凿石头，每一下都凿出火光。

还是善感的身，为陌生人流下眼泪。
倒是不再轻言轻信真理。
自缚的绳，金光闪闪的更是羁押。

床头堆着书，不读也堆着。
天头地尾习惯写下随喜之感。
跳出句子，在字缝里读隐喻世界的延伸。

街头遇到乞丐，怀疑是职业骗子，

也会弯下腰投钱。尊严大于命。

这年头都是乞讨者，跪着站着不是区别。

每天里旁观身体里的天使和魔鬼，

任他们为宿敌，为诤友，为亲人。

平易仍不近人，半张脸羞涩，半张脸高冷。

话到这儿，肝肠又石化一寸。

眼泪是药。拒绝用泪水回答沉默。

但凡声音从地里向我哀告，我会认真流泪。

两个黄昏

在黄昏，假设另一个黄昏从中午开始。
手忙脚乱的定制，像此时
车堵在八楼的车流里。一只蝙蝠
时而在一个黄昏的低空掠飞，
时而挂在另一个黄昏的阴影里。

高铁自远处驶入两个黄昏的叙述。
车子飞出栅栏遮掩，在长椅上，
年轻人坐下来，拥抱另一个
黄昏里的恋人，第三幕剧上演吻别。

蝙蝠飞过塔楼，老人起身离去，
远去的背影拐入第六幕剧。
灯光照射不到的暗处，有人徘徊。

霓虹流光。高压线溅起奇香。
长椅上的第九个人飞快地绞动十指。
黄昏在出站口滑入夜色。
另一个黄昏完成假设，悄然隐身。

蚂　蚁

一队奔波的蚂蚁，在清晨的
无花果树上
走出一条弯路
在中午的青石板上走出另一条弯路

下午，我在溪畔小径上
又看到了它们
在一条十多米长的直线蚁道上
一端是蚁穴，一端是半粒糖

我已走过去，又折回来
蹲下，看它们
一只慌不择路的猫，跑过
糖被蹬进一边的草丛，不见了

我想先于它们，扑入草丛
最终作罢。起身走出小区
转入街道，隐入人群
斑马线上，左右张望着，小心蠕行

我无法描述一只鸟的迟疑

这需要确认。

而我无法确认。一只鸟在桦树的枝头，
左张右望，想要飞起来，瞬间又收紧了翅膀。

我无法确认它的迟疑，像此刻裹在毯子里的我。
无法确认发抖来自低烧，还是身体下，
病床与人间，不够稳妥。云团布阵一样，
从西南的天空覆压而来。风开始摇动。

这只我叫不出名字的鸟，是被摇动的
人间的一部分，轻轻动荡，不安。

世间一切，都有它不安定、不确定的神秘之境，
难以描述。

我确认我无法描述一只鸟的迟疑。
只远远看着，捂住嘴巴，小心发出惊觉的声音。

群山低头饮雪

走吧，亲爱的，春已立于每一个路口，
万物繁生。我的喉咙也于一夜间微微泛绿。

晨祷，在启明星落下之后。
心已离弦，我等待你提灯引领。

大地寂静如经书，洞然翻开。返程的人
走在上面。朝圣的人走在朝圣之身
的前面。我与我的身体，我们并肩走在众生之间。

群山低头饮雪。马的眼睛
涌动白色的波涛。芦苇低下高贵的
头颅。一只头狼机警地跃起。

花朵与预言，必有一个先于另一个现身。

风空荡了许多

秋空荡了许多。

树木供出最后一枚果实，最后一片叶子。
沉默的父亲，眼睛空荡了许多。

土地供出最后一棵庄稼，最后一粒粮食。
热爱生产的母亲，子宫空荡了许多。

村庄供出抛家别舍的人，病痛缠身的人。
裸露的坟包，祭奠空荡了许多。

我赶在秋天归来，
风在我的前面卷起尘埃，半空中久久不曾落下。

我是被风镂空的归人，
在一个又一个路口，向陌生人问路。

我需要一场脱缰的描述

我需要一场脱缰的描述，说出昨夜。
梦中的桑天牛叫响第一声，

群山涌入房间。星星挂满
天花板。又一声，

地板铺开辽阔的蓝地毯，
十万山头在上面翻滚。

七个我们，
在夏夜的凉席上打闹。

我年轻的母亲，
端坐在新建的堂屋门里，

油灯下利索地打着盘扣，
不时抬头盯一眼外面。

她一点也不担心哪一个跌破手脸，
她信我们身下是稳妥妥的大地，稳妥妥的人间。

第四辑　主题：疑似组诗

你是自己的时候，你是众人

你是众人的时候，你是自己

迷失的信仰之歌 (组诗)

叙述者

风叙述着冬天的小镇。

火车晚点。提行李箱的男人

穿过七点钟的广场，

八点半的车流。乘上

九点四十的地铁。

丑时的雨夹雪，准时到来。

银行关门了。角落里的

乞丐裹紧红磨房飘来的歌声

取暖。这里发生过

枪战。子弹

穿透年少的胸膛。

昙花屏住呼吸，开放。

虹吸壶中，咖啡再一次

沸腾。鹅毛笔插进案头。

羊皮书翻到最后的一页。

石头和盐粒藏起锋芒。

只有风的叙述

带来刀子，和鼠尾草的兰香。

失明者

一切都是黑色。黑暗。和颤抖。

僵直的舌头。伸长。双眼

不安的血，洗着哀伤的火。

声音在四面埋伏。细碎的

羽毛落地的声音。微弱的

是草虫子。叫声里，

鱼的腥味，牛奶的

甜味。在夫人胸口上

熏衣草混合着体香的味道。

尖锐的血的声音，火的声音。

刺的声音。黑色的声音，

黑暗的声音。

脚步的声音，棍棒的声音，

锥刀的声音。和人类的声音……

太阳落在城市的另一边。

夜色逼近。

穿过地狱的精灵，

今晚，黑夜必将燃烧。

我靠近。离开。
深度的战栗，是虚伪。古老的
恻隐里，藏着凶险。
我就是失明者。
此刻我警惕世界末日的一切。

腹黑者

我是腹黑者。心底暗藏起的
阴影，已照不亮自己。
脸上的笑，嘴上说出的善良，
它们有可能都是假象。

凌晨一点的喉咙是松弛的。
适合唱摇篮曲，或大口
咽下药片。
疼痛。这也是假象吗？

我身披黑衣，手持镰刀。
刀刃划过熏衣草园，
溅起蓝色的味道与风波。

感谢锋利与伤害。几片枯叶

还在腊月的枝头上挂着。
抽紧的背影，
走进远方的暮色里。

我向上走。脚下的流水
起伏。我练习扑向
明天的光，像风，扑向
雪，新蛾扑到火上。但没有。

观察者

被捕的声音，不见挣扎。
梦游人经过这里，捡起一只
丢弃的鞋子。

半条舌头说出年老者的咒语。
异教徒，指认
灵魂摇摇晃晃的教堂。

总有一条路，通向终点
和真相。那里，食人蜂的
尸身，冷而腐烂。

流浪的召唤师，引领着
消失的歌声。死亡

是覆盖在雪地上的光。

还有多少笑声，能用来
点燃野火，烧掉所有
颓败的绿，留下肉质的草根？

忏悔者

交出有罪的心和不满的声音。
我对土地和弱者鄙视。
我寄生在她们的身体里，
白白地接受供养。

我知道霾的真相，和火山
喷发的唯一诱因。
我交出无耻的贪欲
和无能为力的羞愧。

我交出锁死的喉咙，孤独
敞开伤口的黑夜。
镣铐打开——
我伸出握紧罂粟果的双手。

我交出疼痛的中年，纸上
奔跑的乌托邦。我交出

身体里的教堂，不再祈祷。
我有眼泪，拒绝哭泣。

我交出，直至无可交出。
直至天空澄澈，干净的风
拂过百草。直至薄如
纸张的灵魂，潜回母亲的子宫。

燃灯者

荒原上，黑暗与燃灯的神，
一同降临。他们在合谋。

肉体在狂欢。杀手撮紧亡命人
的衣领。活着与死去的人
拥抱在一起。盛放与枯萎的
花装饰着沼泽地。

奴才在说话。轻肥的言语，
隐喻藏进罂粟花心的深处。
像戒指
被藏进蛋糕的蜜汁里。

寂寞的人，嘴里塞满苦丁
和盐巴。独臂，撞向

失音的喉咙。
远处，大风扬起沙尘和谎言。

燃灯的神，无畏于剖开
枯萎的花。刺，扎入眼睛，
海水流出。杀手的肉体
糜烂，精神也充满了肉欲。

秉烛的手如锚抓紧礁。
灯点亮了。神的真身燃起了
火焰。麦子的香味在空中。
孩子们唱起失传的民谣。

我在其中。我开始恐惧黑暗。

终结者

我放下了刀，热衷于双手合十
的祈祷，依然无法
普度去年早来的那场雪。

休耕期的草场，初生羊羔的
尸体什么也没有盖。
狼群，机警地靠近它们。

城市的灯火，晚于公告
发布的时间。灵魂
纠结于高处与低处的官司。

我是引领杀手，翻过七个
黑山头的罪人。射出吧，
终结者的子弹和快意。

我怠慢朝圣的心，剩下
最后的忠告——
小心些，亲爱的，
休要射穿我的白长裙，红夹袄。

最好像偷猎者那样巧妙。
淬毒的箭，从藏羚羊的
左耳进，右耳出。

你要清楚，破了洞的毛皮，
巧舌的折中者，到死
也不会给利与欲都满意的结论。

山中·七日(组诗)

群山图

群山在风中晃了晃

夜色就漫了上来。巨人就退隐了。

雷声落在梦外，雨落在凌晨。

喊山的汉子撂起好嗓子。

喊一声雨来，喊一声日出。

又一声，雾吐出天、地与山岭。

山在南太行，像亿万年前的

亲人。在尘世守古老的规矩

群居一起，过神的日子。

山里人，枕山居。死去了

枕山眠。所有的坟墓都留着门

像留给死去的亲人随时出入。

云，住在山的最高处。

鹰住在云上。鹰飞过的地方

就是天堂了吧。夜里

梦见一场雨，脱口唤出我的乳名。

命运祭

我知道他在。潜伏的捕手

弓已拉满。观察者的举证，纯属虚构。

受管制的父亲暴露可疑的身份。

风吹斜山头。受难的人爬上陡坡。

被打回原形。不要流出泪，

不要哭出声。捕手会笑。

画布铺开，临摹风的躁动，和渴望。

敏锐捕捉爱，或生死。

从老话题独特的深处出发。

在最熟悉的地方，重新发现。

我发现，不知道的他也在。

谜面上的箭就要离弦。收一下

或忍而不发？当生之谜底

被暮秋的一片枫叶揭开。

我会坦白，我爱着，用爱抵抗遗忘。

抵达神

所有的桥都为摆渡。摆渡人

撑起长篙。相关的被拆解，不相关的

在试探。抵达的远决定着你

与神有多近。换一个角度

向下看。土是万物之母。

第一个水滴成为海。第一个
灵魂成为国。高于肩膀的
头颅亲证自己。恶与丑陋相伴
而生，假面混迹于世。死神
却以救世的面目隐于大野。
水在低处，守低处
蓬生的规则。雨雪在高处
制作降落的游戏。低处
与高处。我与你。
石头献出秘密。祭窑的少女
躺上火的祭坛。抵达
远方的远，神诞生。唯有神是一切。

解文阁

解文阁不是解文阁，是一堂
划伤课。大解不是大解，是一个解。
笼子是鸟的此刻。鸟是鸟
的囚徒。我跑不出自己的影子。
我是我走不出的居所。
母亲的身体是我回不去的
故乡。出生就是流浪，我被故乡
放逐。我是教堂外不愿皈依的
草寇。为母亲走进寺院。
爱上焚香，诵经。信仰土块

和盐。仍是伪香客，仍有
伪善良。用古老的声音
喊出："我爱"。用下一刻的目光
看上一刻，死生都有了解。
草木有灵。请放下狂欢的屠刀
向下游流动。我逆流而上。
未来是一处悬崖。时间
关闭。锁死的地址
打开。预言开始新的预言。

洛神赋

你打开我，切口细小，只够
目光探进来。开始了，镜子之城的
时间。多年以后回到多年以前
多年以前，回到那个遥远的下午。
看冰人惊异于木板上，铁钉
没命地挣脱墨尔基阿德斯
幻景城的影子老人，加快了
铁锭一百年的滚动节奏。
绣球或线索，及时抛，及时收。
自作聪明的狐，尾巴露出来
引来猎人。认罪的人，自己
做了自己的菩萨。像演员
扮演角色。隐身者在隐喻的

外衣里巧设悬念。小径分岔的

花园，进来前你在。离去后

仍在。转换中，洛神

以陌生打开我，切入马贡多

的孤独。被污染的河水

与村庄，飓风的清算，没有羞愧。

喜相逢

第六日，雾是一个盛大的隐喻。

群山与我，谜团里的谜团，等待被解开。

换点花样吧，让老三碗盛满新意象。

格拉丹东，摆开天葬台，

饥饿的秃鹫，等在傍晚的风雪里。

自畏感，让一个王朝的背影

低于一个铁帽子。

古老的纤绳，一头拉紧渡船

一头拉紧死亡。盲人坐在鸟声里。

认罪的人打他的主意。在山间

在湖畔，在寺庙。放生者

念动往生咒。网已张在别处。

美食忌刀，不可太巧。在场。

火的现场，火的主义，火的形制

都不过是雾或霾的不同辨析。

送我一万小时，这个好。

在大暑，虚构一场雪。

远行的我，与一窗灯火喜相逢。

辞山书

一个我又用旧了。七个我

又走远了。你见到的是我吗？我寻找

到的也是我吗？就像

冈仁波齐。也许用尽一生

我都不能到达那里。

但这能代表什么？我说我喜欢

并不羞赧，这也不使我卑微。

地下的哑蝉，反复练习声音

冲破喉咙。冻土里的草根

春风到达前，反复练习燃烧。

我练习朝向你，一步一步地走。

客人来了，比预约早了十天。

亲人也来了，七月的母亲

怀抱故乡和玉米。噩耗

又一次尾随在美好之后。

错误的尺子丈量着翻转的结果。

给，是最重要的。不给

是最好的。我挥手，山岭

沉默。我转身，一个我已不是我。

五月的故乡(组诗)

一

梦中，快递哥电话，五月的故乡来信了。
我赤脚下床，提着裙子
冲向露台。阳光从天而降。

烫金的信封，从天而降。
"查有此人，信已签收"，红邮戳儿
盖上我的额头。

信中说，蚕老一时，麦熟一晌。
秋已等不及，趁着墒情，要下种了。

我想起，乡下没有进过城的姐姐
饱熟的身体与爱，等待生涩的
后生，在早晨，或傍晚。下镰，收割。

二

白发与驼背，烈日下，如鱼脊。
我的父亲，不是。

你医生的手上，从不结
硌疼我们的老茧。只掂量铜秤，
称救命的药，精确到两与钱。

害哮喘的三叔，卧床的远房堂伯。
癌和瘤攫住的乡亲和村庄——
梦中一再起身，蹲在
压水井旁，不吭不响地磨刀。

崭新的刃口，快刀乱麻，斩！斩！

三

五月的麦地，饱满如你。母亲

从墓床上起身，推开墓门。
漫天的阳光真好
像父亲的怀念。凉风
也好啊，呼一口，像儿孙的轻唤。

挡马河上，走桥的人
站下来，拉着手
谈眼前的收成，多年不变的粮价。

她伸手，揽过身边最大的麦穗
搓去清黄相接的芒
与壳。舌尖拾起最饱的一粒，
慢慢嚼，慢慢嚼⋯⋯

这一刻，她感叹，走得早了。

四

准备好纸和笔，我有罪供述。

我知道季节，但四体不勤。每日
食五谷杂粮，不稼不穑。
棉衣暖和，母亲的
针线密实，早已压在箱底。

我好赖不分。怕青蛙，
双脚不敢伸进田地。白纹蝶是
庄稼的害虫，却做成
永在的标本，置放书卷之侧。

每天化妆，穿高跟鞋，戴美瞳。
为好看的裙子，保持一握的腰围。
故乡搬到纸上，貌似在纸上
出生，结婚生子，过纸上的日子，

安享荣耀，或忧伤。

记录好了，我按下手印，立此存照。

五

如果麦子也有性别，它该是女子
交出自己时，
像母亲，完整，彻底。

打下的麦粒，养家糊口。
多出的换成学费，或去医院
交就一次医的花销。
麦秆压扁，编草帽凉席。
或碾碎，做牛马的草料。
麦茬烧了，还田养地。
麦芒，也要自折锋利，双手交出。

死后，仍以馒头面包，洁白地活着。

六

在尘世，唯一如麦子般朴素的
是文字。这个五月
宜以一棵漂泊在外的

麦子，为不识字的乡村，写《赤子赋》。

此生为麦，生而为稼。生土熟耕。

白露下种。不择地，山间沟梁，平原盐滩。

不择天，经冬春夏三季。

寒来，枕雪而眠，耐住寂静。

春来起身拔节，葳蕤生姿。

夏至，纳骄阳为香，灌雨水为浆。

待芒种，日夜为继，颗粒归仓。

今赋赤子，我泪双流。

又至五月，当以每一粒字为镰

磨出新的刀口，收割。

熟透的麦穗，熟透的村庄，

熟透的瘤。还大地

一个干净，种瓜或豆，由你，由你。

南阳行（组诗）

在武侯祠

武侯祠的桂花开了。花香
似佛光瀑上飞落的泉
清洗着尘世的我。
野云庵前，野云投影在
脚下。我有美丽的错觉。
我望山，我是山。望水
我是南迁的鹤，掠水而飞。

一个诗人说，思考是药。
我思考三顾堂前一棵
狼把草，在深秋仍绿得
倔强。这让我拿起一块玉
又放下。生活脱尽水分。
心肠失去原则。
我需要有石头的口气
像盐粒，记得水是来处。

在清风楼，思考什么样
的血，不会凝固。喜欢上

一个词，春风有形。
碑廊前，想起一个人
夜读《六出祁山》。卖
鹅毛扇的妇人，向我
推销，拿过一把，摇一摇
心上没起风云和悲愤。

梦里，在八卦城迷路了。
我没有翻身坐起。
入梦前被告知
指路的人，在震卦口等着。

在内乡县衙

在内乡县衙，遇见两位故人，
"豆腐汤""袁青天"——
中国十大清官中的两个。
商丘睢县人，在我
笔下，又活过一次的人。

东梢间，击响"喊冤鼓"。
我没有冤要申，
仅仅因为一首同名诗。

进大堂，看东西跪石上

一个人扮演原被告。

休要戏闹

你我都将成为子孙的被告。

在琴治堂，遇见古刑具

笞杖与夹棍。我的手疼了。

想起窦娥，想起苏三。

想唱"苏三离了洪洞县"

喉咙突然被过堂的风锈住。

于是想起法律。我常常在

想起法律的时候

无端地假设——

我是出警的执法者

面对赤裸的男女

我先递去衣服，再递去手铐。

在渠首

北方渴啊。于是，南面的水

在半个世纪前

就渴望向北方去。

是的，在渠首，不宜谈

恋爱，不宜谈战事

吃紧。也不宜谈放浪
形骸的阮籍。可迎风抚琴。

宜郑重地说水，碧水如
玉带，汤汤落田家。
宜俯耳，听讷言
的草木，放羊的老农
娓娓道出一场关于水的梦。

有些地方的土是红色的
我不以为他富含铁
我固执地相信
那是被血长久灌溉的红。

比如在镇平。比如在
淅川。比如此时
我脚下，这块
享誉"天下第一渠首"的地方。

在丹江口水库

水又来了，送我玉做的白浪头。
我闭起眼睛，伸开双臂
风吹起我的头发
心中，潮头一浪一浪涌来。

山是人间看得见的神。在
远处，一座连着一座——
像天与地私守的秘密。
像启示，美丽的
遗落，古老又端庄。

石头藏在草里，像偷窥者
的眼睛，藏在最熟悉
的地方。我捡到两只
猫儿眼，他偷窥到
一场微雨，经过黄昏，经过我。

在香严寺

淅川理应有寺院，香严寺
就落成了。
寺中理应不断经声香火
于是，桂花开得
极盛的时候，我来了。

在丹江口，看静如处子
的水，一半是眼泪，
一半是数据。指月处
看被盗的匾额，一半

是罪恶，一半还是罪恶。

香严寺理应做道场，因为
王玉女的魂魄没有
归来。刘九花姐妹
破烂的衣裤
至今遮不住她们的羞处。

寺中理应时时燃旺香火
于是，我这个不信佛
的异乡客，在望月亭
恭恭敬敬上香。
那一刻，有传说的异香洗耳。

在坐禅谷

众人吆喝着向前，未知之路
一级一级往深山延伸。
有一刻，心里也像有条路
去往某个地方。

在佛光瀑，看清泉飞落
彩虹搭起渡人的桥。
在裸岩，看枫藤
抱紧石头，流下眼泪。

仙人廊，南瓜像卧龙
不管谁来，它寂静地生，
还将不为谁去，安然终老。
千佛崖，寻唐朝国师
慧忠，不遇。
遇蝴蝶，双双飞过火焰树。

通天洞，当地人说，爬出
洞口，一生转运。
中途，山泉净手，焚香
为我爱和爱我的人，也为
平生逢与不逢的陌生人。

出洞，低血糖，看山与天
作天鹅裙旋转。幸好有
口香糖救我，五粒
缓过神，继续赶路。走吧
下山的人说，路，越走越近。

七日书·过年(组诗)

第一日

年，在腊月的医院里，等待一个
声音。被执行死刑的男孩——
他的罪恶，神也不肯救赎。

他的年轻，令我不安。
父母昏去，在错怪梦中的噩耗。
泪，已经不再流出。

守夜的人睡进麦地。身上盖着
暮色与乌云。他的兄弟
正穿过他乡和风雪，拐入挡马河。

第二日

大风吹低夜幕和月亮。月光尽头，
经声里，塔罗牌
卜出的结果，现身了。

爷爷为军马拌好草料。

奶奶的小脚踮出厨房。年轻的
母亲，冷水里洗着待客的盘子。

村庄的上空，鸽群漂亮的鸽哨
混响着饱满的炮仗声。我们
穿着新衣，排队等待父亲剪指甲。

第三日

勤快的妇人，总能早于黎明醒来。
赶早集的人结伴走出村子。
故乡，现在是万家红遍的门扉。

母亲的棺木，应该还是红色的。
我们拎着火纸和鞭炮走向麦地。
路上遇见挡马老人风光的葬礼。

归来的人群加入送葬的队伍。
活着的人，与死去的人走在一起
畅谈明年的麦子和收成。

第四日

母亲端坐在麦子之上。十七岁的
新娘咽着野菜和苦难。浮肿的

年代，枝头挂不住红山果。

战争和丑闻不在这里。逮捕
和冤案，在他处发生。冻疮的疤
正被揭开，或被小心包扎。

我跪下来，拥紧怀乡的伤痛。
我将不会向母亲说出，就像当初
对她的病情，守口如瓶。

第五日

我跪着，捡拾坟周的石子。这些
硌疼母亲的家伙。我扔向远处。
又捡回。我正像它们一样被遗弃。

蹲墙根儿的老人说起三十年前
那场雪。屋檐，树梢——
眨眼的时间，冻成了冰溜子。

所有安葬的，是黑色的伤口。
所有不曾安葬的，是遗物。
母亲给我一场白雪，和雪的阴影。

第六日

年留在父亲的村庄，开始即结束。
老屋子里，放着旧棺木。
锁死的院墙，旧事和炊烟在老去。

故乡在母亲的墓地，越来
越新。挡马河等待着雨水。
土地，等待分娩绿草芽，绿麦穗。

亲爱的，我知道春雨降临的
时机。掌握种子破土的秘密。
我正向母亲的世界归还花瓣和春天。

第七日

预报有雨夹雪。奔跑吧。风带上
刀子，掠过裸露的田埂。战栗的
回声，递来母亲和春雷的消息。

不远了，翻过年与流血的争端，
就是花开的日子。我洗梳金黄的
波浪，敲响手鼓，迎接太阳归来。

磕下最后一个头，我挥起手。

最后的故乡。最后的净土。最后

的我，干净如海水的眼睛和灵魂。

七座村庄（组诗）

一

两座村庄。飞鸟
衔来的村庄。
水上漂来的村庄
在心上。在
远方。
在心上的埋着母亲。
在远方的，囚着父亲。

两座不再相见的
村庄——
我是他们的孩子，
我有很多苦涩的名字。

我种花，在母亲的坟上。
我种蛊，在父亲
日夜起伏的孤独里。
我的伤痛新鲜。
味苦的富丁，
我喝下你，以毒攻毒。

二

七座村庄，七个洞房。
七个等着
迎娶的新娘，
三个笑着，四个悲伤。

我吃五谷，五谷认下我做兄妹。
我浇麦子，麦子认下我
做情人。
我小心讨好着梦。
梦，拒绝送回我的母亲。

三

一夜无风。有雨。
我做麦子的情人。麦子
抱紧我，坐在白马上，
驰过重重阳光。
还是回不到家乡。

我唱起故乡的歌，在路上。
我的麦子，
我的情人，抱紧我

喂养我。冰冷的嘴唇。
冰冷的
我眼睛里流浪的傍晚和炊烟。

四

我有很多苦涩的名字。
谷粒，井水，野蒺藜
茅草屋。
它们被我喊成一个名字——
消失。

戴着旧草帽的稻草人，
庄稼倒下，
忠实的仆人倒下。
我的祖母倒下。
锤布石上的祖母。
我们抱着，
父亲抱着，黄土紧紧地抱着。

穿过巷子的吆喝，
唤出母亲，买下针线和鞋样。
油灯下，我抄课文
她纳鞋底，千层底。
姐姐织围巾，织十六岁的

秘密。

哥哥削荆条，

不安分的少年，

日夜做他的弯弓和腰刀。

父亲的铜秤，日夜掂量

二十九块钱的工资

怎样养大七个孩子。

飞奔的军马

挡马河水，洗它的蹄。

爷爷梳它的白马鬃。

它起飞，天空自己低下来。

我童年的村庄，天上

飞着羊群，躺着

神仙。

地上跑着白云。

我甩着柳条，蘸饱

泥巴，

想象身后跑满欢乐的泥娃娃。

五

我的村庄，我要做你的神

召唤风雨雷电。

风，吹吧。雨，
洗吧。雷电，诞生吧。

诞生，一个新的村庄
和我。
诞生新日，阳光从天而降。
诞生新月，月光
洗着夜孔雀和我们。

已是五月，麦子出齐
麦穗。
我召唤镰刀和离乡的人，
走下流水线，
脚手架，
四面八方的归人
向着麦田，日夜兼程。

六

麦秆举着圆熟的麦穗。
你举着我的
饱满的
忧伤，
饱满的群山和湿地。

五月的村庄，
母羊的奶子
饱胀，
喂养洁白的羊羔
灰色的小狼
也喂养没娘的孩子。

土地养大麦子。
种子
就要手掌合十
跳着死亡之舞，
唱起献诗，交出粮食。

这是村庄。这是
母亲。我的母亲。
你的，他的，
我们的，
献出一切的村庄和母亲
躺在花丛中。

七

我的村庄。空中的
村庄。
陌生的衰老的

大地上的，村庄。
陌生的敷衍的
我们的土地，和爱情。

我痛苦，歌颂你
所有的语言
如箭，射向我。
抵达，
我的手上握着行刑的刀子。

七座村庄，埋人的
地方。
埋葬母亲的麦地
还将埋葬父亲。
我终将回去，回去，
以你忠诚的罪人，带罪的赤子。

风行纸上（组诗）

一

神秘再深上一眼，你就走不脱了。
比如画下两枝秋荷，写下留得残荷惊风雨，
六月就近在眼前了。

大雪封山你才要来。无路才是有路。
正如河水决堤那人才要去，
弃车解甲，白衫布履，过楚河越汉界。

二

纸上一角起风了。预报有风，四级。
时间回到唯奥雷良诺心中不平静的那个时刻，
阵风转入六级。

这风力还不足以卷走马贡多。
心平静下来，合上书，起身收叠晾晒的床单。

三

旧下来的昨日，
一寸一寸滑过手边，八级风中的滑落，

仍不吭不喘，不动容。

四

昨晚灯下，于纸上惹下麻烦，
墨过于饱，将一个"白"字写到暗无天日。
眼睁睁看它呼天不应，喊地不灵。

白比黑重要。我知道。
但此黑，抱歉啊，主犯从犯，皆已无计驰援。

五

近来，倾心于纸上的独角戏。
拿一枝梅沿途设卡，拦截飞来石。
三两笔，让兰草抱紧石头，野百合抱紧山谷。

乐此不疲于拉山头，开客栈，养猛虎。
在一个人的国点烽火，戏诸侯。

纸上的这人很真。纸上的国平安无事。

六

我是医生的女儿，
谙熟于哪种病喜好在哪种地方起锅搭灶。

于纸上坐诊，还魂丹，复活术，
我有妙药单方，起死回生。

却也有不得不说的羞愧：
骨头里的相思，能临其形，摹其貌，

至今无药。

七

纸上的刀，出或落，可以不讲刀法。
无法无天也不必较真，叫板，骂到跟前去。

举刀者，唯自裁带有逼命的狠劲。

站远一些，再远一些，
做个看客。围观别人，也围观自己。

八

这年头，画一颗铁石心，也会酸，
也能窝几把火，一捅就破。每天牙齿咬碎，
脊背发冷。

不轻易出示秘密的那个人，
为不让眼睛流泪，拼命咽着一条河。

九

在纸上养狐，打猎，枪口与伤口对峙。

纸能包住的火，都是自己的火。
能藏住的疼，都是入髓断骨的疼。

一马平川，起梁走卯。
山洞树洞，全用来供百兽藏身。

恶与罪无处藏躲。一炬之中
遗臭也是翻不了的牌，烂不掉的账。

十

眼见得纸上起高楼，纸上起茅屋。

纸上起教堂，起寺庙。

纸上的爹娘走在烈日下。香客走在泥泞中。
打家劫舍的走在月黑风高里。

越走越近的，薄薄的，
是趋于饱熟的五月，等待向镰刀完整交出自己的
麦子。